康奈尔·伍里奇黑色悬疑小说系列

后　窗

[美]康奈尔·伍里奇　著

许庆红　译

上海文艺出版社
Shanghai Literature & Art Publishing House
上海故事会文化传媒有限公司

康奈尔·伍里奇黑色悬疑小说系列（全18种）

编委会

总策划　夏一鸣
主　编　黄禄善
副主编　高　健

编辑成员（按姓氏拼音为序）

蔡美凤　高　健　洪圣兰　胡　捷

黄禄善　吴　艳　夏一鸣　杨怡君　朱崟滢

序　言

　　你见过妻子为丈夫的情妇洗冤吗？见过杀手恋上自己的谋杀目标吗？还有弃妇嫁给死人、员工携带老板爱妻逃亡、富豪邮购致命新娘，等等。所有这些令人心颤的诡谲事件，或者说，诞生在西方资本主义世界的怪胎，都来自康奈尔·伍里奇（Cornell Woolrich, 1903—1968）的黑色悬疑小说。黑色悬疑小说，又称心理惊险小说，是西方犯罪小说的一个分支。它成形于20世纪40年代，在50年代和60年代最为流行。同硬派私人侦探小说一样，这类小说也有犯罪，有调查，然而它关注的重点不是侦破疑案和惩治罪犯，而是剖析案情的扑朔迷离背景和犯罪心理状态。作品的叙事角度也不是依据侦探，而是依据与某个神秘事件有关的当事人或案犯本身。伴随着男女主角因人性缺陷或病态驱使，陷入越来越可怕的犯罪境地，故事情节的神秘和悬疑也越来越强，从而激起了读者的极大兴趣。

　　康奈尔·伍里奇被公认是西方黑色悬疑小说的鼻祖。他出生于美国纽约,幼年即遭遇父母离异的不幸。在前往父亲工作的墨西哥生活了一段时期之后,他回到了出生地,同母亲相依为命。1921年,他进入了哥伦比亚大学,但不多时,即对平淡的学习生活感到厌倦,并于一场大病之后退学,开始了向往已久的职业创作生涯。1926年,他出版了长篇处女作《服务费》,接下来又以极快的速度出版了《曼哈顿恋歌》等五部长篇小说。这些小说均被誉为"爵士时代小说"的杰作,尤其是《里兹的孩子》,为他赢得了《大学幽默》杂志举办的原创作品大奖,并得以受邀来到好莱坞,将小说改编成电影剧本。1930年,"事业蒸蒸日上"的康奈尔·伍里奇与电影制片商的女儿结婚,但这段婚姻只维持了几个星期便因他本人的恋母情结和同性恋倾向而告终。此后,康奈尔·伍里奇一度意志消沉,创作也连连受挫。一怒之下,他销毁了全部严肃小说手稿,转向通俗小说创作。1940年,他的第一部黑色悬疑小说《黑衣新娘》问世,顿时引起轰动,他由此被称为"20世纪的爱伦·坡"和"犯罪文学界的卡夫卡"。紧接着,他又以自己的本名和笔名陆续出版了17部国际畅销书,其中的《黑色帷帘》《黑色罪证》《黑夜天使》《黑色恐惧之路》《黑色幽会》同《黑衣新娘》一道,构成了著名的"黑色六部曲"。其余的《幻影女郎》《黎明死亡线》《华尔兹终曲》《我嫁给了一个死人》,等等,也承继了同样的黑色悬疑风格,颇受好评。与此同时,他也在《黑色面具》等十几家通俗杂志刊发了大量的中、短篇黑色悬疑小说。这些小说同样受欢迎,被反复结集出版。然而，巨额稿费收入并没有给他带来精神愉悦。他依旧"像一只倒扣在玻璃瓶中的可怜小昆虫"，徒劳挣扎，郁郁寡欢。自50年代起，因酗酒过度，加之母亲逝世的沉重打击，康奈尔·伍里奇的健康急剧恶化，他的一条腿因感染未及时医治而被截除。1968年，康奈尔·伍里奇在孤独中逝世，死前倾其所有财产，以母亲名义为母校哥伦比亚大学设立了一项教育基金。

康奈尔·伍里奇的黑色悬疑小说引起了众多作家的模仿。最先获得成功的是吉姆·汤普森 (Jim Thompson, 1906—1977)。他的《我心中的杀手》等小说以破案解谜为线索，表现罪犯的犯罪心理，从多个层面反映小人物的重压。稍后，霍勒斯·麦考伊 (Horace McCoy, 1897—1955) 和戴维·古迪斯 (David Goodis, 1917—1967) 又以一系列具有类似特征的作品赢得了人们的瞩目。20世纪50年代至60年代，黑色悬疑小说层出不穷，代表作家有查尔斯·威廉姆斯 (Charles Williams, 1909—1975)、哈里·惠廷顿 (Harry Whittington, 1915—1989),等等。同康奈尔·伍里奇和吉姆·汤普森一样，这些作家注重塑造处在社会底层、具有人性弱点或生理缺陷的反英雄，但各自有着独特的创作手法和成就。

康奈尔·伍里奇的黑色悬疑小说还引发了战后西方黑色电影浪潮。自1937年起，依据康奈尔·伍里奇的长、中、短篇黑色悬疑小说改编的电影即频频出现在美国各大影院，并进一步成为好莱坞电影制作的主要来源，尤其是1954年，阿尔弗雷德·希区柯克(Alfred Hitchcock, 1899—1980)执导的电影《后窗》赢得了爱伦·坡奖，将这种改编推向了高潮。据不完全统计，20世纪40年代至60年代，共有35部康奈尔·伍里奇的作品被改编成电影，其数目远远超过达希尔·哈米特(Dashiell Hammett, 1894—1961)和雷蒙德·钱德勒(Raymond Chandler, 1888—1959)。不久，这股康奈尔·伍里奇作品改编热又延伸到了南美、德国、意大利、土耳其、日本、印度，尤其是《黑衣新娘》和《华尔兹终曲》，在法国持续引起轰动。80年代和90年代，康奈尔·伍里奇作品又被西方各大媒体争先恐后改编成电视连续剧、广播剧。与此同时，新一波电影改编热又悄然兴起。直至2001年，美国著名影视剧作家迈克尔·克里斯托弗(Michael Cristofer, 1954—)还将《华尔兹终曲》改编成了电影《原罪》，广受好评。2012年，《后窗》又被改编成百老汇音乐剧。2015年至2019年，作为好莱坞经典保留剧目，电影《后窗》再次在美国各大影院上映，引起轰动。

这套丛书汇集了康奈尔·伍里奇的18部黑色悬疑小说，包括16部长篇和2部中短篇，是迄今国内译介康奈尔·伍里奇的品种最齐全、内容最丰富的一个系列。这些小说既有爱伦·坡和卡夫卡的印记，又有硬汉派侦探小说的风格，但最大特色是制造了紧张的恐怖悬念。作品大多数以美国经济萧条时期的大都市为背景，着力表现人性的阴暗面和人生的残忍、污秽、挫败以及虚无。譬如《黑衣新娘》，描述一个神秘女子伪装成不同的身份和外表对多个男性疯狂复仇，起因是多年前那些人枪杀了她的丈夫，从那时起，她就誓言血债血偿，其手段之残忍，令人咋舌。而《黑色幽会》则描述一个男子的未婚妻被五名男子的空中抛物致死，其心灵被疯狂滋长的复仇欲望所扭曲，并渐至迷失本性。在难以言状的病态心理驱使下，他将这五名男子最心爱的女人一个个杀死。与此同时，他也成为可悲的社会牺牲品。

同这类以罪犯为男女主角的小说相映衬的是另一类以受到陷害、孤立无援的无辜者为男女主角的作品。《黑色帷帘》和《幻影女郎》堪称这方面的代表作。在《黑色帷帘》中，男主角脑部遭受重击丧失记忆力，过去的生活片段如梦魇般在内心煎熬。他渐渐回忆起自己曾被人陷害，是一起谋杀案的疑犯。而要洗清嫌疑，他必须恢复记忆。伴随着支离破碎的回忆，他极度害怕自己就是真凶。无独有偶，《幻影女郎》中的男主角与妻子吵架负气出门，在与陌生女郎约会之后，发现妻子被杀，自己则被控告行凶，判处死刑。本可以证明他清白的神秘女郎，却仿佛人间蒸发一般，而那晚所有见过他的人，都不记得他曾与女郎在一起。随着行刑日期接近，所有寻找女郎的努力都以失败告终。即便他本人也开始怀疑，是否真有这样一位女郎存在。

为了增加作品的悬疑，特别是中、短篇小说中的悬疑，康奈尔·伍里奇也会仿效一些传统侦探小说的写法，描述一些出人意料的谋杀奇案。如《死亡预演》描写身穿官廷裙服的女演员突然被烧死，警方必须弄清楚罪犯（伴舞者中的一个）如何在一大群伴舞者中放火杀人。而《自动售货机谋杀案》要解决的则是罪犯如何利用自动售货机毒杀三明治购买者。除了一些常见的布局手法，暗示超自然力量的存在也是康奈尔·伍里奇解释某些罪案发生的方法之一。《眼镜蛇之吻》述说一个离奇的印第安妇女能将毒蛇的毒液转移至其他物品。《疯狂灰色调》描述一个坚持要解读出"乌顿"（一种巫术）秘密的乐师。《向我轻语死亡》则以一个先知谶语来展开叙述。面对通灵师预言女孩的叔叔将在两天后被雄狮咬死，警察该如何阻止这场事先张扬且没有罪犯的命案？被预言逼得精神失常的叔叔又该如何保护自己？所有人是否能在死亡期限之前揭开阴谋面纱？诸如此类的谜底，将在"康奈尔·伍里奇黑色悬疑小说系列"中一一找到答案。

黄禄善

Contents

后　窗 /1

尸　检 /47

三点钟 /85

谋杀突变 /124

冲　劲 /151

后　窗

　　我不知道他们的名字。我从来没听过他们的声音。严格地说，我甚至都没见过他们，因为隔着这么远的距离，他们的脸实在太小了，我无法看清他们的长相。然而，我却能为他们的进进出出、日常习惯和活动内容制定出一张时刻表。他们是住在我后窗附近的居民。

　　当然，我想这是有点像窥视，甚至有可能会被误认为是个狂热的偷窥狂。这不是我的错，我也不想这样。这个时间段，我的行动受到严格限制。我只能从窗户那儿到床上，或者从床上到窗户边，这就是我的全部活动范围。在暖洋洋的日子里，后面卧室最大的亮点就是这扇飘窗。这扇窗户没有窗帘，所以每每我坐在窗前时都不得不把灯关掉，否则附近所有的小虫子都会扑到我身上。我也睡不着，因为我过去习惯了高强度的锻炼。我从来没有通过读书来打发无聊的习惯，所以书本也无法予我以慰藉。那么，我该怎么办呢，就紧闭着双眼坐在那儿吗？

随便挑几个场景吧：正对面，几扇方形的窗户，有一对神经兮兮的年轻夫妇，他们还是十几岁的孩子，刚刚结婚。在家里待上一晚简直会要了他们的命。他们总是匆匆忙忙的，不管走到哪里，从来都不记得关灯。从我一直以来的观察来看，我觉得他们没有哪一次是记得关灯的。但是他们也没有完全忘记。正如你们将看到的那样，我一直自娱自乐地（我逐渐学会）把他们这种行为叫作延迟反应。他们总是在出门五分钟后又从街上发了疯似的冲回来，在家中跑来跑去地关掉开关。紧接着，他们在黑暗中出门时又会被一些东西绊倒。这两个家伙让我忍俊不禁。

紧接着下面的一户，从这个角度看，窗户窄了不少。房里亮着灯，灯在每天夜里都会熄灭。关于这户的一些事，常常会让我有点难过。一个女人带着孩子住在那里，我想应是个年轻的寡妇。我看到她把孩子放到床上，然后俯下身子，伤感地亲吻着她。她会遮住灯光，坐在那里描着眼睛和嘴巴，然后就出去了，直到夜色渐退才回家。有一次我还没睡，看见她一动不动地坐在那儿，头埋在胳膊里。关于这户的一些事，常常会让我有点难过。

再下面的第三户由于缩在里面的原因已经看不清了，那些窗户好像中世纪城垛里的细缝。而最远处的一扇窗户，正面的景象又完全显露出来，因为它与其余的窗户（包括我自己的在内）呈直角，所有这些房子形成了一个内凹。我可以从飘窗的位置全方位随意地看到外面，就像看到被削去后墙的玩具屋一样。

这是一栋公寓楼。不像其他的房子，这栋房子最初就是建成这样的，不仅仅是分割成带有家具的房间。它比其他的公寓楼高两层，后面有消防通道，因此与众不同。但这楼很老了，显然赚不到很多租金。它正在进行现代化的改造。他们在改造时没有清空整栋楼，而是每次只改造一套公寓，尽可能地减少租金收入的损失。后面可以看得见的六套公寓中，最顶层的一套已经完工，但还没有租出去。他们现在正在改造五楼的公寓，又锤又锯，扰乱了整栋楼"里面"每个人的安宁。

我为住在楼下的那对夫妻感到难过。我过去常常纳闷，他们怎么能忍受得了头顶上的混乱。更糟糕的是，那个女主人也长期健康状况不佳；即使隔着一段距离，我都能看出来。她无精打采地走来走去，穿着睡衣，没有打扮。有时我看到她坐在窗边，抱着头。我很好奇为什么她丈夫不请个医生来给她检查一番，也许是他们负担不起吧。他似乎失业了。深夜里，他们卧室的灯常常在拉下的窗帘后面亮着，似乎她身体不舒服，他陪她坐着。尤其是有一天晚上，他一定是整夜陪着她，灯一直亮到快天亮了。我不是一直坐在那里看，但凌晨三点时，灯还亮着，我最终从轮椅上转到床上，想看看自己能不能睡一会儿。但我还是无法入睡，黎明时分我又回到了原来的轮椅上，看见灯光仍从那个房间黄褐色帘子的后面透出来。

过了一会儿，天刚一亮，窗帘的边缘就突然暗淡下来。接着没多久，其中一间房里的窗帘拉开了，不是原来那个房间，而是另外一间——房里所有的窗帘都是合上的，我看见他站在那里望着外面。

他手里拿着香烟。我看不见香烟，但从他一直急促而紧张地把手放到嘴边的动作，以及从他头上升起的烟雾，我可以推断出来。我想他是在担心她吧。我不想责备他。任何丈夫遇到这种事应该都是这样。她一定是在痛苦了一夜之后刚刚才睡着了。再过一个小时左右，最多也就一小时，锯木声和水桶的哗啦声又要在他们头顶上响起来了。好吧，这不关我的事，我对自己说，但他确实应该带她离开这儿。如果我的妻子生了病……

他微微探出身体，大约超出窗框一英寸，仔细地观察着他面前连着空荡荡广场的所有房子的背面。即使隔着一段距离，你也能看得出来这个人在目不转睛地看着什么。他探头的姿势有些不同。然而，他并不是固定在某一点上细看的，而是缓慢地扫视，他的目光先是沿着我对面的房子一一掠过，当扫到房子尽头时，我知道他的视线会转回到我这边。在他扫视到我这边之前，我往房间里退了几码,让他安全地扫过去。我不想让他认为我坐在那里窥探他的私事。我稍稍往回退一下,房间里的深蓝色夜影足以让我躲开他的目光。

过了一会儿,当我回到原来的位置时,他已经走了。他又拉开了两扇窗帘。卧室的窗帘仍然垂着。我有点纳闷,他为什么那样古怪地扫视了半圈他周围所有的后窗。这个节点后窗旁没有任何人。当然,这并不重要。只是有些奇怪,这与他对妻子的担心或不安格格不入。当你担心或是不安时,那是一种内心的全神贯注,你的眼睛只会茫然地看着。但当你紧盯四周、目光迅速掠过所有的窗户时,这就表明你对外部事物全神贯注、深感兴趣。这两者是不同的。指出这样细微的差别是因为只有像我这样整天无所事事、备受无聊煎熬的人才会注意到这一点。

那套公寓此后依旧了无生机,看看它的窗户就会明白这一点。他要么出去了,要么独自上床睡觉了。三扇窗帘始终拉到正常的高度,遮掩卧室的窗帘依然下垂着。不久之后,我白天的男护工山姆来了,带着我的鸡蛋和晨报,这让我消磨了一段时间。我不再去想别人家的窗户,也没工夫盯着它们看了。

太阳整个上午都斜斜地照在这片长方形空地的一侧,下午又移到另一侧。然后,它开始溜走了,又到了晚上——一天又过去了。

附近的灯光开始亮了起来。四周的墙壁就像回音板,大声地播放着嘈杂的广播节目。如果仔细听,你会听到远处偶尔传来隐隐约约的碗碟碰撞声。人们生活中的小习惯一个个展露了出来。虽然大家都认为自己是自由的，但实际上这些小习惯把他们全都绑得紧紧的，比任何狱卒做的紧身衣还要紧。跳吉特巴舞的一到晚上就跑向外面的开阔地上，因为忘了关灯，他又歪歪倒倒地跑回来，用拇指关上灯。他们的家里一直到黎明时分都是漆黑一团。那妇人把孩子放到床上，悲伤地俯身在婴儿床上，接着坐下来，十分绝望地抹红嘴巴。

四楼那个靠里面长过道的公寓里，三扇窗帘仍然拉开着，第四扇窗帘则一整天都是垂落的。我之前并没有意识到这一点，因为我没有特意地去看它，或者去想这件事。白天的时候，我的目光也许有时会落在那些窗户上，但我的思绪却在别处。一直到后面的一个房间里突然亮起了一盏灯——这是个厨房，位于一间窗帘拉开的房间后面，此时我才意识到，那个窗帘已经一整天都没动过了。这也让我想到之前没有注意的一些事情：我一整天都没看见那个女人了。到现在为止，我都没有看到那些窗户里有任何生命的迹象。

他是从外面进来的。入口在他们厨房的对面，远离窗户。他戴着帽子，所以我知道他刚从外面回来。

他没摘帽子。好像那儿没有人也没必要摘。相反，他用一只手捋了捋头发，把帽子往后脑勺推了推。我知道，他这个手势不是为了擦汗。要是擦汗的话，他的手应该从侧面往前扫——手掠过他的前额。现在的手势表示他心烦意乱或是有拿不准的事。再说，他要是觉得太热了，首先就该把帽子整个摘下来。

她没出来迎接他。这是一个把我们牢牢绑在一起的习俗链条，但现在这个链条的第一个环节已经完全断开了。

她一定是病得很厉害，一直躺在床上，就在窗帘垂落的房间里。我观察着。他待在离她两间房远的地方一动不动。我由期待变得惊讶，惊讶中带着不解。很奇怪，我心想，他都不进去看看她，至少也得去她房门口看看她怎么样了。

可能她睡着了，而他不想打扰她。但紧接着我想：可他连看都没看一眼，怎么能确定她就睡着了？他是一个人刚进屋的呀。

他向前走了走，站在窗前，就像一大早那样。山姆早就把我的盘子端走了，我房里的灯也熄了。我在原地不动，因为我知道躲在黑压压的飘窗后他不可能看见我。他在那儿一动不动地站了几分钟。现在他的脸上是一个内心全神贯注的人特有的表情。他站在那儿，茫然地往下看着，陷入沉思之中。

他在担心她，像所有男人一样，我对自己说道。这是世界上最自然不过的事情了。不过，奇怪的是，他竟然那样让她留在黑暗中，而没走近她。如果他担心她，那他为什么回来的时候不至少去看看她呢？就在我思考的时候，我在拂晓时注意到的情景又再次上演了。他抬起头来，恢复了警惕。我可以看到，他又开始缓慢地沿着后窗扫视起来。不错，这一次他的身后有灯光，有足够的光线照在他身上，让我看到他的头在这一过程中微微地连续地移动。我小心翼翼地一动不动，直到他的目光安全地从我身边扫过。这个举动引起了我的注意。

他为什么对别人的窗户那么感兴趣呢？我客观地思考着。当然，在这种想法上的逗留几乎立马就被有效刹住了：看看是谁在说这话呢，你自己又怎么样呢？

我忘记了一个重要的区别：我没什么担心的。他可能有。

窗帘又垂落下来。在米白色的朦胧中，灯光依然亮着。但那间窗帘一直垂下的屋子里面还是一片漆黑。

时间一分一秒地过去。很难说过去了多久——十五分钟，二十分钟。一只蛐蛐在后院唧唧叫。山姆进来看看我在他晚上回家之前是否需要什么。我告诉他不，我不需要——没关系，走吧。他低着头在那儿站了有一分钟。然后我看见他轻轻地摇摇头，好像要摇掉他不喜欢的东西一样。"怎么了？"我问道。

"你知道那意味着什么吗？我的老母亲曾跟我说过，她一辈子没撒过谎，我也从没有见它失灵过。"

"什么，是蛐蛐吗？"

"任何时候你听到有蛐蛐叫时，那是死亡的征兆——就在附近的某个地方。"

我用手背朝他挥了挥。"好吧，蛐蛐又不在这儿，所以用不着担心。"

他走了出去，固执地嘟囔道："可是，肯定在这附近，在不远的地方。肯定是的。"

他身后的门关上了，我独自一人待在那暗夜之中。

这是个闷热的夜晚，比昨晚还要闷得厉害。即使是坐在敞开的窗户边，我也都快透不过气来。我不知道他——对面那个陌生人——他在那些合拢的百叶窗后面怎么忍受得了。

突然，正当我脑海中对整件事无聊的猜测落到某个点，并产生一些怀疑时，窗帘再次拉开了，而我的那个想法一下子溜掉了，变得虚无缥缈，根本没机会弄清到底是什么。他在中间客厅的窗户旁边。他脱掉了外套和衬衫，穿着背心光着胳膊。我猜想他再也忍受不了了——太闷热了。

起初我不明白他在干什么。与其说他是在上下忙碌着，还不如说他似乎是沿正垂直方向忙碌着。他待在一个地方，但总是时不时地低下身体消失在我的视线之外，然后又直起身体出现在我的视线之中。这几乎像是某种健美操，只是起落的时间不均匀。有时他会蹲很长时间，有时他会突然跳起来，有时他会连续蹲下两到三次。一个很大的黑色V字形东西把他与窗户隔开。不管那是个什么东西，在窗台干扰我的视线情况下，我只能看到它向上斜着露出的一小片，却把他汗衫的下摆遮住了，大概有十六分之一英寸那么长被遮住了。而我以前没见过，我也说不清那是什么。

突然，他离开了，这可是窗帘拉开以后他头一回离开。他绕过去走到外面，在房间另一边弓着身体，紧接着又站起来，手里抱着一堆东西，在我这么远的距离看起来像是五颜六色的三角旗。他回到V字形东西的后面，让这些三角旗沿着V形物的顶端滑下，然后堆在那。他再次低下身消失在我的视线外，并且把这个姿势保持了好一阵子。

这些扔在V形物上的"三角旗"一直在我眼前不断地变换着颜色。我的视力很好，它们一会儿是白色的，一会儿是红色的，再一会儿变成蓝色。

然后我明白了。这些是女人的裙子。他正在把这些裙子一件件地拿下来，每次拿的是最上面的一件。突然间，这些裙子全没了，V形物变得黑黑的、光光的。他的身体又出现了。我现在知道他在干什么了。因为那些裙子已经告诉我了。他也向我证实了这点。他张开双臂摸着V形物的两端，我能看见他又举又拉，好像在用力，突然这个V形物折叠起来了，变成了一个立方体的楔形物。紧接着他整个上半身都起起伏伏，楔形物消失在一边。

他一直在忙着打包一个行李箱，把他妻子的东西放进一个直立着的大行李箱。

他很快又出现在厨房的窗边，站了一会儿。我看见他的胳膊拂过额头，不止一次而是好几次，接着用力将胳膊往空中挥去。确实，今晚干这个活可热死人了。他的手顺着墙伸上去取下了什么东西，因为他是在厨房，所以我猜是从橱柜里取了一个瓶子。

之后,我看到他快速地把手伸到嘴边,动了两三下。我宽容地对自己说道:打完这么大一个行李包,十个男人中有九个都会这么做——好好地喝上一口。如果第十个男人没有这么做,那只是因为他手头上没酒。

他再次走近窗边,站在窗沿侧边,这样只有头和肩膀的一小部分显露出来。他顺着一排窗户警觉地盯着漆黑的方形广场,大部分的窗户现在都没亮灯。他的视线总是从他的左手边、也就是我的对面开始,然后呈环形扫视。

这是我在一个晚上第二次看见他这样做了。还有一次在白天,所以总共有三次了。我会心一笑。你会差一点认为他是在为什么事而感到内疚。也许这没什么,只是一个古怪的小习惯而已,或者说是怪癖,只是他自己没有觉察而已。我自己也有怪癖,每个人都有。

他又退回房间,里面一片漆黑。他的身影又进了厨房隔壁亮着灯的房间,就是那个客厅。再靠旁边的一个房间黑乎乎的。这第三个房间就是那间拉紧窗帘的卧室,他走进去后灯依然没亮,我并没感到意外。当然了,他不想打扰她休息——特别是她明天就要去看病了,正如他为她打行李包时所表现出的那样。她在启程之前需要好好休息一下。在黑暗中溜上床对他来说太容易了。

过了一会儿,漆黑的客厅闪烁着火柴的亮光,这个情况让我着实一惊。他一定是躺在那儿,是想睡在沙发或者什么东西上凑合一晚。他根本就没有走进卧室,一直待在卧室外面。坦白说,这着实让我感到困惑。

大约十分钟后,那个客厅的窗户里又有火柴闪烁。他还没睡着。

夜色笼罩着我俩——一个是飘窗里喜欢刨根问底的人,一个是在公寓四楼一支接一支抽烟的人——没给出任何答案。唯有蛐蛐的声音不绝于耳。

伴随着清晨的第一缕阳光,我又回到了窗前。不是因为他的原因。我的床垫就像团火。山姆进来为我准备东西时看到我坐在窗边。"杰弗先生,你这样会废掉的。"他就说了这么一句。

起初一段时间,那里没有任何生命的迹象。突然,我看见他的头从客厅里某个看不见的地方冒了出来,所以我知道我是对的。他昨天是在沙发或安乐椅上过的夜。现在,他当然会去看看她,看看她怎么样了,是不是感觉好些了。这只是人之常情。据我这两晚的观察,他一直都没有靠近过她。

他没去看她。他穿好衣服,朝相反的方向走去,进了厨房,站着用双手狼吞虎咽地吃着东西。然后,他突然转过身朝一边走去,据我所知是公寓入口的方向,好像他刚刚听到了什么在召唤,比如门铃声。

一点不错,他一会儿就回来了,两个穿着皮围裙的男人和他一起,是快递员。我看见他站在旁边,此时快递员们正费力地搬起他们中间那块黑色的立方体楔形物,朝他们刚来的方向移动。他则在快递员们身边转来转去,不断地从一边移到另一边,急着看哪里有没有问题。

然后他一个人回来了,我看见他在用胳膊擦额头,好像刚刚没有快递员,而只有他因出力干活而弄得满头大汗。

所以他刚才是在把她的行李箱运送到她要去的地方。我点点头:就是这样。

他又沿着墙伸出手,取下了一些东西。他又喝了一杯,两杯,三杯。我有点困惑地对自己说:是啊,但这次他刚才没有打包。那只箱子昨晚就已经打包准备好了。哪儿来的费劲工作呢?哪有必要流汗喝酒呢?

现在,经过了那么久,他终于进去看她了。我看见他的身影穿过客厅,进入卧室。一直拉拢的窗帘升了起来。然后,他转过头,朝身后四处看了看。他的动作很明显,即便在我所处的位置也能发现这一点。他不像看一个人时朝着某个特定的方向看,而是从一边到另一边,从上到下,环顾四周,就像在看——一个空房间。

他退后一步,弯着腰,挥了挥手臂。然后一张空床垫和床上用品倒立在床脚,有点弯曲地停在那儿。过了一会儿第二张空床垫紧跟着被放到一起。

她不在那儿。

那时我才明白人们所说的"延迟反应"是什么意思。两天以来,一种无形的不安,一种空洞的怀疑——我不知道该叫什么——

一直在我的脑海里起起伏伏，就像一只虫子在寻找触点一样。有好几次，就在它已经准备好着陆的时候，一些细微的事情，一些稍稍让人安心的事情足以让它一直漫无目的地飞行——比如窗帘垂落太长时间又升起来了，防止它保持不动太久而让我产生怀疑。触点一直在那里。现在，出于某种原因，在他掀起两张空床垫后的一瞬间，这只虫子噗的一声着陆了！触点张开了——或是爆炸了，不管你愿意怎么称呼它——证实了谋杀。

换句话说，我头脑中理性的部分远远落后于本能的潜意识的部分。这就是"延迟反应"。现在理性追上了本能，两者同步迸发出的思想信号是：他一定对她干了什么！

我往下看了看，手上拿的东西在膝盖上揉成一团，紧紧地缠在一起。我用力把它扯开。我镇定地对自己说：现在等一等，小心点，慢慢来。你什么也没有看到。你什么都不知道。你只有再也没看见她这个反面证据。

山姆站在食品储藏室的门口看着我。他用略带指责的口气说道："你不要动了。你的脸白得跟纸一样。"

我感觉自己好像被针扎了，血液不受控制地流出去。此时，我最希望的事是把山姆弄出去，给自己留点不受干扰、安心思考的空间。于是，我说道："山姆，下面那栋楼的街道地址是什么啊？头别伸出去太长，就瞪大你的眼睛看看。"

"本尼迪克特大街还是别的什么来着。"他得意地挠了挠脖子。

"那我知道。你去拐角那儿转一下，帮我弄到准确的门牌号码，好吗？"

"你要知道那干吗？"他一边转身往外走一边问道。

"不关你的事。"我温和而坚定地说道，语气中表达出一定要彻底把它弄清楚的决心。他刚要关上房门，我在他身后叫道，"你到了那附近时，先到入口去，看看能不能从信箱那看出第四层后面的住户是谁。不要弄错了，也尽量不要让别人看到你。"

他走出去时嘴里还在嘟囔，听上去好像在说："一个人一天到晚坐在那儿无所事事的，他肯定会想出乱七八糟的事儿——"门关上后，我着手做一些真正有建设性的思考。

我自言自语道：你这个可怕的推测究竟是基于些什么呢？我们来看看你都有些什么证据。只是在他们每天重复的习惯性动作和链带上，有几件小事不对劲：1．第一天晚上，灯整夜亮着。2．第二天晚上，他比平时回来得晚。3．他没摘帽子。4．她没有出来迎接他——自从灯整夜都亮着的前一天晚上起，她就一直没有出现过。5．他打完她的行李包后喝了一杯。但是第二天早上，在她的箱子运送出去后，他立刻喝了三杯。6．他的内心惴惴不安，忧心忡忡，但与此叠加的是他外在流露出的对周围窗户的不正常的关心，这一点很古怪。7．在送走箱子的前一天晚上，他睡在客厅，都没走进卧室。

很好。如果她头一天晚上就已经病了，他为了她的健康把她送走了,这就自动取消1、2、3、4点。剩下的第5点和第6点就完全不重要了,也不能暗示有罪。但到了第7点时,这就成了绊脚石。

如果她第一个晚上生病马上就走了,为什么他昨晚不想睡在他们的卧室里?伤感?几乎不可能。一个房间里有两张舒适的床,而客厅里只有一张沙发或一把不舒适的安乐椅。如果她已经走了,他为什么待在房间外面呢?就因为想念她,因为孤独寂寞?一个成年人是不会这样做的。好吧,那么她还在房间里面。

此时山姆回来了,说道:"那个房间地址是本尼迪克特大道525号。四楼后面的那家叫拉尔斯·索沃尔德夫妇。"

"嘘——"我没出声,反手示意他离开我的视线。

"他先说要地址,然后又不要了。"他嘟囔着,又回去干他的活了。

我继续挖掘着。如果她昨晚还在那里面,在那间卧室,那她就不可能到乡下去了,因为我今天压根没见她离开。她有可能是昨天早上早些时候在我没见时离开的。我睡着了,错过了几个小时。但是今天早上我在他之前就醒了,我在窗户边待了好长一段时间后才看见他的头从沙发上冒出来。

要走的话,她昨天早晨就走了。那他为什么要拉下卧室的窗帘,让床垫原封不动一直保持到今天?最重要的是,他昨晚为什么待在卧室外面?那就是她没走还在里面的证据。接着今天,他在行李箱一寄出去马上就走了进去,拉上窗帘,翻起床垫,表明她没在里面。整件事就像一个疯狂的旋涡。

不，也不是的。行李箱一寄出去马上就——

行李箱。

对，就是行李箱。

我望了望四周，确定我和山姆之间的门关严实了。我的手在电话拨号盘上徘徊了一会儿。伯恩，可以把这件事告诉他，他是管"杀人"案的。总之，在我最后一次见到他时，他已经干这个了。我可不想让一群陌生的家伙和警察掺和进我的事。除非迫不得已，我不想自己卷进去。或者，如果可能的话，根本就不要卷进去。

经过几次错误的尝试，他们把我的电话转接到了正确的地方，我终于找到了他。

"喂，是伯恩吗？我是哈尔·杰弗里斯——"

"噢，过去的六十二年你都到哪儿去了？"他开始兴致勃勃地问道。

"我们以后再谈这个问题。我现在要你做的是记下一个名字和地址。准备好了吗？拉尔斯·索沃尔德。本尼迪克特大道525号。四楼后面那家。记下了吗？"

"四楼后面。记下了。记这个干什么？"

"调查。我坚信如果你开始挖掘的话，你会在那儿发现一起谋杀案。别多问——相信我就行。一对夫妻一直住在那儿。现在只剩男的一个人了。女人的箱子今天一大早寄出去了。如果你能找到有人看见她亲自离开的话——"

像那样高声地编排，说给别人听，尤其是说给一个侦探听，确实听起来苍白无力，即使对我自己来说也是如此。伯恩犹豫地说道："好吧，可是——"他还是接了下来。因为我是举报人。我甚至一点儿都没提窗户的事。我可以跟他那样说，然后撇开干系，是因为他认识我很多年了，他不会质疑我的可靠性。我可不想在这样的大热天，让别人和警察挤满了我的房间，轮番地探头伸出窗外。让他们正面地处理吧。

"那么，让我们拭目以待吧，"他说，"我会与你保持联系的。"

我挂了电话，坐回去监视，等待事态的发展。我有个正面看台的观众席，或者更准确地说，是反方向的观众席。我只能从幕后看，而不能从正面看。我看不到伯恩干活，只能看到结果——如果有结果的话。

接下来的几个小时，什么事也没发生。我知道警察的工作一定在进行，他们的工作总是尽可能隐秘的。四楼窗户旁的人影依然可见，独自一人，无人打扰。他没有出去，而是坐立不安，从一个房间游荡到另一个房间，虽然没有在一个地方长时间停留，但始终待在家里。有一次，我看见他又在吃东西——这次是坐着，有一次，他刮胡子了，还有一次，他甚至试着看了会儿报纸，但没看多久。

看不见的命运之轮在围着他转动。我暗自思忖着，如果他知道了的话，他还会那样静静地待在那儿，还是会企图匆匆逃跑呢？这也许很大程度上不是取决于他是否有罪，而是他能不能被豁免——他可能自以为可以瞒骗他们。我自己已经确信了他有罪这一点，否则我就不会走这一步了。

三点钟的时候，我的电话响了。伯恩打了回来。"杰弗里斯？好吧，我还是不明白。除了之前那些枯燥无味的话以外，你能不能给我提供更多的信息？"

"为什么？"我警惕地说道，"为什么要我提供更多信息？"

"我已经派人去那儿调查。我刚刚拿到他的报告。那栋大楼的管理员和好几个邻居都说她昨天一大早就去乡下调养身体了。"

"等一下。根据你的人的情报，他们有人看见她离开吗？"

"没有。"

"那么你获得的是他提供的毫无根据的二手陈述罢了。不是目击者证言。"

"有人碰见他从停车场回来，他给她买了票，送她上了火车。"

"这还是未经证实的陈述啊，隔了一层。"

"我已经派了一个人去车站，如果可能的话，会试着和票务员核实一下。毕竟当时那么早，他一定很显眼的。当然，我们一直在观察他，同时注意他的一举一动。一有机会我们会第一时间冲进去搜查那个地方。"

我有一种感觉，就算他们那样做了，他们也将会一无所获。

"不要期望从我这里获得任何东西。这件事我已经交给你们了。我已经把我该说的都说了。名字，地址，还有观点。"

"是的，杰弗，我之前一直看重你的观点——"

"但现在你不信了，是吗？"

"不是这样，问题是到目前为止，我们还没发现任何貌似可以证实你观点的东西。"

"到目前为止，你还没什么进展。"

他又回到了之前的陈词滥调。"好吧，让我们拭目以待吧。回头再联系你。"

又过了一个小时左右，太阳下山了。我看见他在对面开始准备出门。他戴上了帽子，把手插进口袋里，一动不动地站着，盯着手看了一会儿。我猜他是在数零钱。我知道他一走，他们马上就要进去了，这令我产生一种奇怪的抑制不住的兴奋感。看到他最后一次环顾四周时，我不由得想到：兄弟，如果你有什么要隐藏的，现在是时候藏起来了。

他走了。在这段令人窒息的时间里，一种莫名的空虚笼罩在这套公寓上。三声火警声也不可能让我的眼睛从这些窗户上移开。突然，他刚离开的那扇门被轻轻打开了，两个男人一前一后偷偷地溜进来。他们终于来了。他们随手关上了门，立刻分头行动，各自忙碌起来。一个检查卧室，一个检查厨房，然后，他们又从公寓的边边角角开始交叉重新检查一遍。他们检查得很彻底。我可以看到他们把每件东西从头到尾检查了一遍。他们一起检查了客厅，一个人负责这边，另一个人负责另一边。

警报响起来之前，他们就已经检查完了。我能看出来，他俩直起身体，面对面站了有一分钟。他们两人的头突然猛地一转，像是听到门铃提示他要回来了。他们很快就出去了。

我并没有过于沮丧，我已预料到了。我一直感觉他们不会在他家里找到任何罪证，因为行李箱已经不在了。

他进来了，一只胳膊肘上挎着一个大大的棕色纸袋。我仔细观察他，看他会不会发现他不在时有人来过。显然他没发现什么。警员们的行动还是很熟练的。

他待到深夜，安安稳稳地坐着。他断断续续地喝了几口，我能看见他坐在窗边，手不时地举起来，但也没举太高。显然，一切都在掌控之中，紧张的情绪已经舒缓不少，因为行李箱已经弄走了。

观察了他一整晚，我暗自推测：他为什么不逃跑呢？如果我的猜测是对的，我确信是对的，他为什么在出事以后还逗留在这呢？答案显而易见：因为他还不知道有人盯上他了。他认为不必慌张。在她离开后马上就走，比在家多待一会儿要危险得多。

夜色渐深。我坐在那里等着伯恩的电话。电话来得比我想的要晚一些。我在黑暗中接起电话。他在对面那边正准备上床睡觉。他从坐在厨房里喝酒的地方站了起来，关上灯。他走进客厅，打开灯。他开始把衬衫下摆从腰带里拉出来。我耳朵听着伯恩的声音，眼睛盯着他。

"喂,杰弗?听着,绝对没什么。他不在时我们搜查了那个地方……"

我差点儿说:"我知道你们搜查了,因为我看见了。"但我及时克制住了自己。

"——没发现什么东西。但……"他停了下来,好像接下来要说的很重要。我不耐烦地等着他往下说。

"在楼下他的信箱里,我们发现了一张寄给他的明信片。我们用弯曲的别针把它从信箱口的窄缝里钩了出来——"

"然后呢?"

"是他妻子写给他的,昨天才写的,从内地的一个农场寄来的。这是我们抄下来的信息:'平安到达。已感觉好一点了。爱你的,安娜。'"

我有气无力但又固执地说道:"你说,昨天才写的。你有证据吗?上面的邮戳日期是什么时候?"

他喉咙里发出一种讨厌的声音——是针对我的,不是对明信片的。"邮戳模糊不清。它的一角弄湿了,墨迹也脏了。"

"所有都模糊了?"

"年份——日期,"他承认道,"时间和月份没问题。八月。邮寄的时间是晚上七点半。"

这一次,我的喉咙里发出讨厌的声音。"八月,晚上七点半——

1937年或1939年，或者1942年。你没有证据证明它是怎么进到邮箱里去的，它究竟是来自邮递员的邮袋，还是来自某个书桌的抽屉背后！"

"放弃吧，杰弗，"他说，"这件事做得有点过火了。"

我不知道我能说些什么。如果我当时没有碰巧看到索沃尔德公寓客厅的那扇窗户，可能也就无话可说了。不管我承认与否，那张明信片已经使我动摇了。但是我仍然在观察着那边。他一脱下衬衫，灯就灭了。但卧室里是黑灯瞎火的，客厅往下的地方闪烁着火柴的亮光，像是从安乐椅或者沙发上发出来的。卧室里放着两张空床，可他仍待在卧室外面。

"伯恩，"我略显呆滞地说道，"我不管这张明信片到底是你从哪个世界找到的，我想说的是，那个男人把他的妻子给杀了！追踪他寄出的箱子。找到了就打开它——我想你会找到她的！"

我挂了电话，没等着听他说要怎么做。他没打回来，所以我猜测他是好好思考了一下我的建议，尽管他大声宣称自己持怀疑态度。

我整夜守在窗前，像是临终看护一样。火柴第一次亮了以后，每隔大约半小时又亮了两次，之后就再也没有亮起了。所以他可能在那儿睡着了，也可能没睡。我自己得睡一会儿了，我终于在清晨火红的阳光下进入了梦乡。不管他要做什么，他都会在黑暗的遮掩下做，而不会等到大白天。暂时不会有什么看头了。再说，他还需要再做些什么呢？没什么了，只需要稳坐不动，放松一下，让时间悄悄地流逝吧。

好像是过了五分钟后，山姆跑过来拍拍我，但实际上已经是正中午了。我恼火地说道："难道你没看见别在那儿的便条，让我多睡会儿吗？"

他说："我看到了，但你的老朋友伯恩警长来了。我想你肯定会想——"

这次是私人访问。伯恩等都没等一下，很随意地进了房间，来到他的身后。

我借口把山姆赶走："你到里面去打几个鸡蛋。"

伯恩的声音生硬如铁，开始说道："杰弗，你对我这样做到底是什么意思？托你的福，我出尽了洋相。我派我的人去白忙活了一场。感谢上帝，我没有亲自上阵，还好没把这个家伙抓起来带回去审问。"

"哦，那你认为没那个必要吗？"我冷冷地说道。

他看我的眼神小心翼翼的。"你知道的，我们部门不是只有我一个人。我上头还有人，我要对我的行为负责。真够可以的吧，我花部门的费用派同事坐了半天的火车到了一个荒凉的乡下小站——"

"那么你找到箱子了？"

"我们通过邮递公司追踪到了。"他硬邦邦地说道。

"你们打开了？"

"我们比那做得更好。我们联系了附近地区的农户。索沃尔德夫人坐着一辆农用车来到车站,用自己的钥匙亲自打开了行李箱!"

很少有人能像我这样从一个老朋友那里得到这种眼神。他站在门口,说话的口气硬得像来复枪的枪管:"让我们忘了这一切,好吗?这是我们能为彼此做的最仁慈的事了。你不太对劲,我花了钱,耗了时间,生了气。就此打住吧。如果你以后还想给我打电话,我很乐意把我家里的电话号码给你。"

砰的一声!门在他身后关上了。

在他大发雷霆之后的大约十分钟里,我那麻木的脑子乱成一团,接着开始挣扎开来。让警察见鬼去吧。也许我无法向他们证明,但我可以向自己证明,不管怎样,我要一次性了结掉。不是我错了,就是我对了。他全副武装地面对警察,但他的后背赤裸裸的,对我毫无防备。

我把山姆叫了进来。"我们以前在游艇上闲逛时用的望远镜到哪去了?"

山姆在楼下某个地方找到了望远镜,拿着它走了进来,边吹着上面的灰,边用袖子擦着。我先把它搁在腿上。随即我拿起一张纸和一支笔,在上面写了七个字:你对她做了什么?

我把纸装进信封里封好,没写地址。我对山姆说:"这就是我想让你做的事,你要放机灵一点。拿着这个信封,到525号楼,爬楼梯到四楼的后屋,把它轻轻地放在门下。你身手好,至少以前是这样。让我看看你是不是快到能不被抓住。然后，当你安全下楼后，按一下外面的门铃。"

他惊讶地张大了嘴。

"别问我任何问题，明白吗？我没跟你开玩笑。"

他走了，我准备好望远镜。

我一会儿就把镜头对准了他。一张脸在快速地移动，我真的是第一次这样看着他。黑头发，但绝对是斯堪的纳维亚血统。看起来像个很结实的家伙，但他其实块头并不大。

大约过去了五分钟。他的头突然偏向一侧。那是门铃响了，就在那边。信一定准备好了。

他朝公寓门走去，头背对着我。镜头可以一直跟踪到后面，这是我之前光靠裸眼无法做到的。

他先开了门，往外平视，没看见信封。他关上门。接着，他弯下腰，直起了身体。他拿到它了。我可以看到他把信封拿在手里转来转去。

他离开门边往屋里移动，走近窗户。他认为危险位于门边，离开那里才安全。他不知道事情恰恰相反，他往屋里退得越深，危险就越大。

他拆开信，读了起来。上帝啊，我是怎样观察他的神情的啊。我的双眼像蚂蟥一样贴在望远镜上。他整个面部的皮肤突然变宽，好像被拉着延伸至耳后，双眼窄得像蒙古人一般。震惊，恐慌。

他伸出手摸到了墙,扶着墙站稳。我看见他又慢慢地朝门口走去,小心翼翼地移动着身体,就好像跟踪什么活物似的。他把门打开了一点缝,这个缝窄到让人无法察觉,他恐惧地透过门缝往外窥伺。接着他便合上门,跌跌撞撞地走回来,由于纯粹出于本能的惊慌而失去了重心。他一头瘫倒在沙发上,一把抓起什么东西喝了一大口,这次是直接从酒瓶的瓶口喝的。甚至在把酒瓶递到嘴边的时候,他还回过头盯着突然将他的秘密甩在自己脸上的那扇门。

我放下望远镜。

有罪!罪大恶极,该死的警察!

我的手伸向了电话,又收了回来。有什么用呢?他们现在再也不像以前那样听得进去了。"你们应该看看他脸上的表情……"而我会听见伯恩回答道:"谁拿到一封匿名信都会感到震惊的,不管是真是假。换成你也会一样的。"他们会让我看看真实活着的索沃尔德夫人——或者说他们认为是她。我得把死去的索沃尔德夫人找出来给他看,证明她们根本不是一个人。我,透过我的窗户,得向他们展示一具尸体。

好吧,他得先展示给我看。

我花了好几个小时去寻找。我一直坚持不懈地找啊,找啊,整个下午就这样过去了。与此同时,他像一头关在笼子里的豹子一样,来来回回地踱着脚步。在我的这个案例里,我俩的脑袋里都分别只有一个想法,而两个想法却由内而外完全相反。一个是如何将没有隐藏起来的东西藏好，另一个是如何找到这件没有被隐藏起来的东西。

我怕他可能会逃跑，但是如果他想那么做，他显然会等到天黑以后。因此，我还有一点时间。但可能他自己并不想跑，除非迫不得已——他仍然觉得逃跑比留下来更危险。

我没注意到周围惯常的景色和声音，思想的主干道像一条湍急的河流，顽强地冲撞着阻挡它们的堤坝：如何让索沃尔德把尸体的位置透露给我，这样我就可以交给警方了。

我隐隐约约地记得，今天下午，租房代理或什么人带着一个有意向的租户来看过第六层的公寓，那套公寓已经装修好了。那是索沃尔德上面两层的公寓，他们中间那套公寓还在施工。某个时刻实然出现了有点奇怪的同步现象，当然这完全是偶然的。租房代理和租户碰巧都在六楼的客厅窗户附近，而同时索沃尔德也在四楼客厅的窗户附近。双方都同时从那儿朝厨房里面走去，经过了墙壁的盲点后，又出现在厨房的窗户边。这太不可思议了，他们几乎就像精密的婴儿车或牵在同一根绳子上的木偶。这种事再过五十年也不会再次发生。随后他们便岔开了，再也不那样重复动作了。

问题在于，这件事有些地方让我感到不安。一些小小的缺陷或是障碍打破了这份平稳。我有那么一会儿想弄清楚到底是怎么回事，可就是想不明白。租房代理和租户已经走了，眼前只有索沃尔德一人。我这无助的记忆不足以帮我重新体验一次。如果这场面重来一遍，我的眼力可能会有所帮助，但现在却做不到。

它陷入了我的潜意识，在那里像酵母一样发酵，而我回到了手头的主要问题。

我终于想到了。天很黑了，但是我突然有了一个点子。这点子可能起不了作用，因为它又笨又拐弯抹角的，但这是我能想到的唯一办法。我所需要的是一个惊慌转动的脑袋，一双朝着确定的方向谨慎迈出的脚步。为了得到这个为时短暂、忽隐忽现、转瞬即逝的无意中泄露的秘密，我需要打两个电话给他，中间相隔半个小时。

借着火柴的微光，我翻着一本电话簿，直到发现我想要的：索沃尔德，拉尔斯，525号本迪克特……斯旺西，5-2114。

我吹灭了火柴，在黑暗中拨通了电话。这电话此刻就像电视一样，我可以看见电话的另一端，不过不是沿着电话线，而是沿着从窗户到窗户的直接视线通道。

他粗声粗气地说道："喂？"

我心想：这好奇怪啊。这三天来我一直在指控他谋杀，但是直到现在才第一次听见他的声音。

我没有企图伪装自己的声音。毕竟，他从未见过我，而我也从未见过他。我说道："你拿到我的信了？"

他警惕地问："你是谁？"

"不过是恰好知道的人。"

他狡猾地问:"知道什么?"

"知道你知道的。你和我,我们是唯一知道的人。"

他自我控制得很好,我没有听到一点声音中的异样。但他不知道他已经以另一种方式暴露了。我把望远镜安放在窗台合适高度的两大本书上。透过窗户我看见他扯开了衬衫领子,好像领子勒得受不了了。接着他背过手遮住眼睛,就像遇到炫目的光线时会做的那样。

他坚定的声音再次响起。"我不知道你在说什么。"

"交易,这就是我想谈的。这件事对我来说很有价值,不是吗?为了防止事态进一步发展。"我想让他的注意力远离这些窗户。我还需要这些窗户,前所未有地需要它们。"那天晚上你没怎么注意你的门吧。或者可能有风把门吹开了一点吧。"

这击中了他的要害。我都可以透过电话线感到他的胃在翻江倒海。"你什么也没看到。也没什么可看的。"

"这取决于你。我为什么要报警呢?"我轻轻咳了一下,"如果有人出钱不让我去的话。"

"哦,"他说道,语气里有种解脱的感觉,"你想——见我?是这样吗?"

"那再好不过了,不是吗?你现在能拿出多少钱?"

"我身上大概只有七十美元。"

"好吧，那剩下的我们以后再商量。你知道湖滨公园在哪吗？我现在正在那附近。我们在那儿见吧。"那大约需要三十分钟，十五分钟去，十五分钟回。"你进去后有个小亭子。"

"你有几个人？"他谨慎地问道。

"就我一个。给这件事保密对你有好处。这样你就不用分钱给别人了。"

他似乎乐于这么做。"我会跑过去的，"他说，"就去看看到底怎么回事。"

他挂断电话以后，我前所未有地仔细观察着他。他飞快地跑进之前未曾走进的那间卧室，消失在一个大衣柜里，在里面待了一会儿，又出来了。衣橱里面一定有侦探们都没发现的隐蔽裂缝或者壁龛，他一定从里面取出了一些东西。在他把东西塞进大衣之前，我从他像活塞般的手势判断出这是什么东西：一把枪。

这是好事，我心想，反正我是不会去湖滨公园那儿等那七十美元的。

屋子黑了下来，他上路了。

我叫山姆进来。"我想让你为我做一件事，有点危险。事实上，非常危险。你可能会摔断一条腿，可能会中枪，甚至你可能会被抓起来。我们在一起十年了，如果我自己能做，我不会让你去做任何这种事的。但我现在没能力去做了，而这件事必须要做。"然后我告诉他，"从后门出去，翻过后院的篱笆，看看你能不能从消防梯爬到四楼的公寓。他有一扇窗户从最上面往下拉了一点儿。"

"你要我找什么？"

"不找什么。"警察已经去过那儿了，那又有什么用呢？"那边有三个房间。我要你把所有的东西都弄乱一点，三个房间都要弄一下，显示出有人来过。把每条地毯的边缘向上翻一点，把所有椅子和桌子动一动，把壁橱的门打开。不要漏掉一件事。来，眼睛看这里。"我摘下自己的腕表，系在他手上，"从现在开始，你有二十五分钟。在这二十五分钟内，你待在里面什么事也没有。当你看到他们上来了，就别再等了，出去，赶快出去。"

"爬回来？"

"不是。"索沃尔德会兴奋得不记得有没有把窗户打开。我不想让他把危险与他房子的后窗联系起来，而是要与前面联系起来。我不想让他发现这些窗户的秘密。"把窗户闩紧，你从门出去，从房子正面拼命地跑出去！"

"对你来说，我只是个容易上当的傻瓜。"山姆悲伤地说道，但他还是去了。

他从我们自己家地下室的门里走出去，爬过篱笆。如果周围的窗户里有人质疑他，我就会为他撑腰，解释是我派他去找东西了。但没人这样做。对他这个年龄的人来说，他已经做得很好。他只是不再年轻了。即使四楼公寓后面的消防梯被拉上去短了一些，但他站在一个东西上，想方设法地爬了上去。他进去了，打开灯，回头看看我。我示意他往前走，别畏缩。

我看着他在屋里忙个不停。他现在已经在屋里了，我根本没办法保护他。甚至索沃尔德都有权对他开枪——这是非法入室。我不得不待在幕后，就像我一直做的那样。我没办法到他前面去放哨，去保护他。即使是侦探都会留一个人放哨。

山姆做这件事一定很紧张。我看他做事则更紧张。二十五分钟仿佛变成五十分钟。最终他走到窗边，把窗门闩紧。灯灭了，他出去了。他做到了。我呼出了一肚子憋了二十五分钟的气。

我听见山姆在用钥匙开门，当他走上来时，我对他说："把这儿的灯关了。去吧，给自己来一杯双层威士忌潘趣酒，从没见过你的脸色这么白。"

二十九分钟后，索沃尔德从湖滨公园回来了。这细微的误差差点要了他的命。所以现在这笔冗长的交易就要到大结局了，希望就在这儿。在他还没注意到有什么不对劲之前，我拨通了第二个电话。这是个棘手的计时活，但我一直坐在那里，手里拿着听筒，一遍又一遍地拨着号码，然后每次都挂掉。他是在我拨到5-2114号码中的2时进屋的，我因此省了不少时间。他的手还没有离开电灯开关，电话铃就响了。

这是一个要说出故事的电话。

"你应该带钱，而不是带枪，所以我才没露面。"我看到他很惊愕。我的窗户依然不能被他发现。"你走在大街上的时候，我看见你用手拍了拍外套内侧放枪的地方。"也许他没有做这个动作，但他现在不会记得自己是不是这么做了。当你不经常带枪而身上正带着枪时，你通常会做这个动作。

"真遗憾啊，让你白跑一趟。不过你走了我可没闲着。我比之前知道得更多了。"这是很重要的一部分。我抬起了望远镜，我实际上是在透视他。"我已经发现它在哪了。你知道我什么意思，我现在知道你把它放哪了。你不在的时候我就在那儿。"

一言不发。只有急促的呼吸声。

"你不信我吗？那就看看周围。把听筒放下，你亲自看看周围。我找到它了。"

他放下听筒，最远走到了客厅入口，把所有的灯都关了。他只是环视了一下四周，快速地全方位地扫视了一下，他的注意力并没有集中在某个固定的点上，根本没有中心点。

当他再次回来通话时，脸上冷冷地笑着。他小声却又邪恶地说道："你是个骗子。"

然后我看见他放下听筒，手拿开了。我这头也挂了电话。

试验失败了，但也并不算失败。他没有像我希望的那样把位置泄露给我。然而，"你是个骗子"这句话其实默认了它就在那儿等待着被发现，在他周围的某个地方，在那间屋子的某个地方。那是一个藏得相当好的地方，以至于他根本不用担心，甚至没必要为了确认去看一眼。

所以，在我的失败中有一种毫无结果的胜利，但它对我来说却一文不值。

他背对着我站在那儿，我看不见他在做什么。我知道电话在他面前的某个地方，但我认为他正站在电话后面发愁。他微微地低着头，就到这里吧。我这头已经挂了电话。我甚至看不清他的胳膊肘动没动。即使他的食指动了，我也看不见。

他就那样站了一会儿，然后终于走到一边。那边的灯都灭了，我看不见他了。他很警惕，甚至都没像他有时在黑暗中那样划亮火柴。

我不再因为要看他而分散思想，我转向琢磨另外一件事——今天下午发生的同步现象，这是个令人烦恼的障碍，当时租房代理和他同时从一个窗户移动到了另一个窗户。我猜测最有可能的是：这就好像你正透过一格有瑕疵的窗玻璃看一个人，玻璃上的瑕疵片刻间会扭曲反射图像的对称性，直到越过那个瑕疵点时才回归正常。但还是行不通，不是这样的。窗户一直开着，中间也没有玻璃。那时我还没有使用望远镜。

我的电话响了。我想是伯恩，这个点不会是别人，也许当他回想起他对我跳脚的样子——我用自己正常的声音没设防地说了声"喂"。

没有回答。

我连续对着话筒喊道："喂？喂？喂？"

从头到尾一点声音也没有。

我最后挂了电话。我注意到对面那边依旧一片漆黑。

山姆进来察看了一下。他因为喝了些酒,说话有点大舌头。他说了句"我现在可以走了吗"一类的话,我没听进去。我正试着找出另一种方法给索沃尔德设下圈套,让他说出它的正确位置。我心不在焉地做了个手势表示同意。

山姆跌跌撞撞地沿着楼梯走到了一楼。过了一会儿,我听见临街的门在他身后关上了。可怜的山姆,他不胜酒力。

我独自一人留在屋里,一把轮椅限制了我行动的自由。

突然,对面的灯亮了,但就一会儿,之后又都灭了。他一定是需要灯干什么事,是为了找到他一直在找的东西,没这个东西他就手足无措。不管是什么东西,他马上就找到了,然后立刻返回去关掉灯。当他转身去关灯时,我看见他向窗外瞥了一眼。他没走到窗边去看,只是眼神附带地扫了出去。

他的这一瞥让我突然发现,这和一直以来我观察他时他投出的瞥视不一样。如果你把这种难以捉摸的行为称为一瞥,那么我要把它称作颇有意图的一瞥。这绝不是茫然或随意的,这一瞥里有明亮的坚定的火花在闪烁。这也不是我所见过的他那些谨慎的扫视。他的眼神没有从另一侧开始,一路扫到我这边——从左往右边。他的眼神落在了我飘窗的正中央,停留了一刹那,然后又移开了。接着灯光全灭了,他不见了。

有时你的感官接受事物,而你的大脑却没有把它们转换成恰当的含义。我的眼睛捕捉到了那一瞥。而我的大脑却不想消化它。"没什么意义,"我心想,"不过就是他出门前去关灯的过程中,眼神无意地瞄准到这儿,碰巧落到这儿了。"

延迟反应。沉默的电话。为了测试声音?在随后暗色渐退的一段时间里,两个人可能玩着一样的游戏——潜进彼此的窗口,悄无身形。一抹紧急关头闪烁的灯光、一个糟糕但又不可避免的策略、一眼稍纵即逝的瞥视、一段不怀好意的扫视,所有这些都陷入脑海,但没有融为一体。我的眼睛尽职了,而我的大脑却没有——或者说大脑至少要花一些时间才能弄清楚。

时间一秒一秒地流逝。房后围成的熟悉的四面墙内一片寂静,那是一种令人窒息的寂静。接着传来一个声音,不知道从哪里凭空冒出来的声音。毫无疑问是一只蛐蛐在寂静的夜晚发出的昏昏沉沉的唧唧声。我想到了山姆关于蛐蛐的迷信,他说这种迷信从没失灵过。如果真是这样,那么对于住在这附近宁静的房子里的某个人来说,情况就不妙了——

山姆只走了大约十分钟。他现在又回来了,一定是忘了什么东西。那杯酒是罪魁祸首。也许是他的帽子,甚至可能是他自己上城住处的钥匙。他知道我不能下床放他进来,或许他以为我在打盹儿,所以他尽量地保持安静。我只能听见前门门锁轻轻拨动的声音。这是那种老式的门廊房,有两扇挡风雪的外层门晚上可以随意打开，接着是一个小门廊，然后是用一把简单的铁锁锁上的内门。酒精使得他的手有点不利索了，虽然之前他也遇到过一两次这种困难，甚至在没喝酒时也发生过。一根火柴就能帮他更快地找到钥匙孔，可是，山姆不抽烟。我知道他不太可能随身携带火柴。

声音现在已经没了。他一定是放弃了，又走了，决定随它去了，明天再说。他没有进来，因为我太了解他了，他每次都是让门自己滑行关上发出哐当的响声，但这次一点没有声音——那种他经常弄出来的随意的撞击声。

然后突然间，它爆发了。为什么是在这个特殊的时刻？我不知道。那是我自己大脑内部工作的一些秘密。它像等候引爆的火药，终于等到了搭乘慢车而来的火花。我把关于山姆、前门、这个和那个的所有想法都抛到了脑后。它从今天下午三点以后就一直在那儿等候，一直等到现在——这么久的延迟反应。该死的延迟反应。

租房代理和索沃尔德都是从客厅的窗边开始走动的，越过中间没有窗户的墙壁，两个人都出现在厨房的窗户边，仍然是一个在另一个的上面。肯定有什么障碍或瑕疵，或是故障出现了，就在那儿，这让我很烦恼。眼睛是可靠的勘测员。他们同时往厨房走没有任何问题，问题在于他们的并行，或者随便用什么词来形容。故障是在垂直方向，不是水平方向。有一个由下往上的"障碍物"。

现在我知道了，等不及了。太好了，他们要一具尸体？我这就给他们找一个。

不管伯恩恼不恼火,他现在都得听我的。我没浪费任何时间,当场在黑暗中打他警区的电话,仅凭记忆在膝盖上拨着键盘。拨电话并没有发出太大的声响,只是轻轻的咔嗒声,声音小到甚至没有外面的蛐蛐声明显——

"他早就回家了。"值班警官说。

这事不能等。"好吧,把他家里的电话号码给我。"

过了一分钟,他回来了。"特拉法尔加——"他说道,然后就没了。

"喂?特拉法尔加什么?"没有声音。

"喂?喂?"我轻轻地拍拍话筒,"接线员,我的电话断了。请帮我重新接到那头。"她也没有动静。

不是我被挂断了,是我的电话线被切断了。这太突然了,就在我刚好说到一半——切断电话线,肯定是在我屋里的某个角落干的。在外面偷偷摸摸的。

延迟反应。这最后一次是决定性的、致命的,一切都太迟了。一个无声的电话,从对面看过来像是定向的一瞥。刚才"山姆"似乎想要回来这件事。

毫无疑问,死神就在我屋子里的某个角落。而我不能动,不能从这辆轮椅上站起来。即使是刚才我打通了伯恩的电话,那也太迟了。现在也没有足够的时间用相机定格这一场景。我想,我也可以往窗外对着寂静无声的后窗的邻居们大喊大叫,我的叫声会把他们引到窗前,但不可能及时地把他们引到我这里来。等到他们弄明白声音究竟来自哪间屋子,一切都结束了。我没有张嘴。不是因为我勇敢,而是因为叫喊毫无用处。

他马上就上来了。虽然我听不到他,但他现在一定在楼梯上。一点嘎吱声也没有。要是有一声嘎吱声也会让我松一口气,让我知道他在哪个位置。这就像被关在一片黑暗之中,周围一条盘成一团的眼镜蛇在悄悄地滑行。

我身边没有武器。墙上有几本书,在黑暗中触手可及。我是一个从不读书的人,是之前房东的书。书上面还有一尊我不知道是卢梭还是孟德斯鸠的半身像,那种长发飘飘的绅士。这是个怪物,用陶土做的,但在我入住之前就在那儿了。

我在轮椅上弓着腰,拼命地往上抓。头两次我的指尖都滑了过去,第三次抓时,半身像已经摇摇欲坠,第四次抓时,它滑落到我腿上,我跌回到轮椅中。我屁股下有一条厚毯子。这种天气我是不需要厚毯子的,我一直用它垫着,让座椅软和些。我把它拖出来,像印第安勇士的毛毯一样裹在身上。然后我在轮椅上扭来扭去,让头和一个肩膀靠着墙边躲在胳膊下面。我把那个半身像举到另一个肩膀上,放在那儿摇摇晃晃地充当第二个脑袋,把毛毯围在半身像的耳朵旁边。从后面,在黑暗中,它看上去像我的头,我希望——

我开始粗声粗气地呼吸,像坐着熟睡的人一样。声音不是很大,但由于紧张,我呼吸越来越吃力。

他很擅长使用把手和铰链之类的东西。我压根没有听到开门声,而这扇门,不像楼下那扇,就在我身后。一股气流在黑暗中向我吹来。我能感觉到,因为此时我真正的脑袋上头发根都已经湿透了。

如果是刀子或者是迎头重击,迅速地躲闪可能会让我有第二次机会,我知道这是我最大的希望。我的胳膊和肩膀很结实。在第一次猛砍或者撞击之后,我会一个熊抱使他扑倒在我身上,我会拧断他的脖子或锁骨。如果是枪的话,他最终还是会杀了我。只是几秒钟的差别。我知道他有一把枪,他准备在湖滨公园的空地上用来对付我的。我希望在这室内,他为了使自己的逃跑更切实可行的话——

时间到了。

子弹的亮光一瞬间照亮了房间,屋里太黑了。或者至少照亮了房间的角落,像微弱的摇曳的闪电。那半身像从我肩膀上弹了出去,碎成了几块。

我以为他正沮丧地在地上跳来跳去,发泄一会儿愤怒。然后我看到他从我身边冲了过去,俯身在窗台寻找出路。枪声四处回荡,变成了街上拳打脚踢的重击声。相机定格了场景。但他还是可以杀我五次。

我把身体缩进轮椅扶手和墙壁之间狭窄的缝隙里,但我的腿还在外面,头和另一个肩膀也是如此。

他转过身,近距离朝我开了一枪,近得让我感觉像是看日出一样。我没有感觉,所以——他没有击中。

"你——"我听见他自个儿咕哝着。我想这是他说的最后一句话。他生命的最后时刻都在行动,而不是说话。

他一只胳膊撑着越过了窗台,落在了院子里。两层楼高,他成功了,因为他避开了水泥地,落在了中间的绿化带上。我从椅子扶手上爬起来,身子朝前扑向窗户,几乎撞到了下巴。

他一切顺利。当命运这样安排时,你就随他去吧。他腆着肚皮翻过了第一道篱笆,随后又像只猫一样跨过了第二道篱笆,手和脚像弹簧一样爬得飞快。然后他回到了他自己那栋楼的后院。他踩着什么站了起来,就像山姆曾经做过的一样,剩下就是脚部动作,在每个落脚点都快速地旋转。山姆在那儿时已经把窗户都拴好了,但索沃尔德当时回屋后又重新打开了其中的一扇,以便通风。现在索沃尔德的整条命都依赖那漫不经心、不假思索的动作——

二楼,三楼。他爬上自己的窗户。他做到了。有一些不对劲。他又转了个向,朝着上面五楼的窗户爬去。他刚才爬过的一扇自己家的窗户突然在黑暗中冒出火花,一颗子弹砰的一声在四周响起,像是一架大的低音鼓一样。

他越过了五楼、六楼的窗户,上了屋顶。他第二次成功了。哎呀,他真热爱生命！他自家窗户里的伙计们抓不到他，因为他在他们的头顶上，那里有太多的消防通道交错通行。

我忙着看他，无暇顾及我的周围。突然，伯恩出现在我旁边，看着我。我听见他咕哝着说："我真讨厌这么做，可是他非要我开枪不可。"

索沃尔德在屋顶的栏杆上站稳,头上顶着一颗星星。一颗灾星。他站了一分钟，决定在自己被射击之前先出手。否则他一定会死，他很清楚这一点。

一声枪响，高悬天空，窗玻璃在我们俩的上方碎成了两半，一本书在我身后咔嚓断开了。

伯恩没有再说讨厌这么做。我的脸向外压在他胳膊上。他肘部的反冲力震得我牙齿直打战。我在烟雾缭绕中吹了一口气，目送着伯恩走了。

这太可怕了。索沃尔德站在栏杆上，花了一分钟时间来展示这一切。然后他放下了枪，好像在说："我再也不需要这个了。"然后他就往下跳。他完全避开了消防梯，从外面掉了下去。他落在很远的地方，撞到了一块凸起的木板上，在那里消失了。木板像个弹簧似的把他的尸体弹了起来。然后再次落地——永远。一切就是这样。

我对伯恩说："我找到尸体了。我终于找到了。五楼还在施工的公寓，在索沃尔德的上面。厨房的水泥地板，比其他房间高出一截。施工方想要遵守防火法规，并尽可能少花钱而获得客厅地面要降低一点的效果。把它挖出来——"

伯恩就这样走了过去。为了节省时间，他穿过地下室，越过篱笆。那间房子还没有通电，他们不得不使用手电筒。但他们一旦开始，就不会花太长的时间。大约半小时后，伯恩走到窗边，用手示意我。这手势意味着肯定。

伯恩直到早上将近八点才过来。警察们已经收拾好了，把他们都带走了。两个都带走了，不管是热尸还是僵尸。伯恩说："杰弗，我收回之前的话。我派去追踪行李箱的那个该死的傻瓜——好吧，从某种程度上说，也不是他的错。我也要负责任。他没有接到检查女人外貌特征的命令，只检查了箱子里的东西。他回来后大概地谈了谈这件事。我回家准备上床，突然脑子里砰地一下——两天前我们询问的一个租户已经告诉了我们一些细节，这些细节和他的描述在好几个重要的点上不一致。你来谈谈你是怎么缓慢地反应过来的吧。"

"这整件该死的事情过去我才反应过来，"我悔恨地说道，"我把这称为延迟反应。这差点要了我的命。"

"我是警察，而你不是。"

"这就是你碰巧在恰当的时机出现的原因吗？"

"当然。我们准备去抓索沃尔德盘问，但发现他不在屋里，而是来你这儿找你算账时，就在屋子那边部署了警力，等着。你是怎么碰巧发现那层水泥地板的？"

我和伯恩说了那个奇怪的同步。"租房代理在厨房窗户前露面的高度与索沃尔德相比，比之前两人出现在客厅窗户前的时候要高。毫无疑问他们铺了水泥地板，又铺上了软木，这让地板升高了不少。但它还有别的意义。顶楼的地板已经完工有一段时间了，所以尸体一定在五楼。这就是我从理论上排列分析的方式。她多年来身体一直不好，而索沃尔德又失业了。他对于失业和她都感到厌烦，又遇到了另一个人——"

"那个女人今天晚些时候会来，警察们正在搜捕她。"

"他可能尽其所能给她保了险，然后开始慢慢地给她下毒，尽量不留下任何痕迹。我猜想——我还记得，这纯粹是猜测——在灯亮了一夜的那个晚上，她抓住了他。她可能是用某种方式发现的，也可能是当场抓住了他。他用暴力杀害了她——勒死或殴打。剩下的就要赶快即兴发挥。他先好好休息了一番。突然他想起了楼上的公寓，就上楼四处看了看。楼上刚刚铺好地板，水泥还没有硬化，材料还在。他从里面挖了一个槽，宽度刚好能容得下她的尸体。索沃尔德把她放进了槽里，再混合上新鲜的水泥，重新盖在她身上，可能会把地面的高度提高一两英寸，这样她就能安全地被水泥覆盖住了。一个永久而无味的棺材。第二天，工人们回来了。什么也没有注意到就把软木板铺在上面。我猜索沃尔德是用工人们的瓦刀把水泥面抹平的。然后他迅速让他的帮凶带上行李箱钥匙,把她送到了州北部,就在他妻子几年前夏天去过的地方附近,但是一间不同的农舍,因为在那里不会有人认识他妻子。箱子紧随其后被寄了过去,然后他把一张已经用过的明信片扔进了邮箱,上面的日期模糊不清。再过一两个星期,她可能就会以安娜·索沃尔德夫人的名义"自杀"了。是因为身体不佳而沮丧。给索沃尔德写一封告别信,并把她的衣服放在深水旁。这是有风险的,但他们也许能因此成功地获得保险赔偿。"

到九点钟,伯恩和其余的人都走了。我还坐在轮椅上,激动得睡不着觉。山姆进来说:"这是普雷斯顿医生。"

普雷斯顿医生就这样搓着双手出现了。"我想我们现在可以把你腿上的石膏去掉了。你一定厌倦了整天坐在那里无所事事了吧。"

尸　检

　　这个女人想知道他们是谁，他们今天这个点在外面想要干什么。她知道他们不可能是推销员，因为推销员不可能三五成群地到处跑。她放下拖把，在围裙上紧张地擦了擦手，朝门口走去。

　　出了什么事吗？斯蒂芬没出事，对吗？她紧张得浑身发抖，等她打开门站在他们面前时，她那浅褐色的脸已经煞白了。她注意到，他们的帽带上都插着白色的卡片。

　　他们急切地往前，每个人都想把别人挤到一边。"米德太太吗？"挤在最前面的一个人问道。

　　"什——什么事？"她颤抖着问。

"你一直在听收音机吗?"

"没,有根管子烧坏了。"

她看见他们热情地交换着眼色。"她还没听说呢!"他们的一个代表接着说道,"我们有好消息要告诉你!"

她仍然很害怕。"好消息?"她怯懦地重复道。

"是的。你猜不到吗?"

"不,猜不到。"

他们没完没了地卖着关子。"你知道今天是什么日子,是吗?"

她摇了摇头。她希望他们走开,但她不像有些家庭主妇一样能伶牙俐齿地赶走不速之客。

"今天是德比大赛马决赛的日子!"他们期待着。她的脸上没有显露出任何醒悟的迹象。"你猜不出我们为什么在这儿吗,米德太太?你的马跑了第一!"

她仍然一脸困惑。他们的脸上明显流露出了失望的神情。"我的马?"她茫然地问,"我没有任何马……"

"不,不,不,米德太太,你还不明白吗?我们是报社记者。我们办公室刚刚收到来自伦敦的电报,你持有拉维纳尔彩票,是抽中的三个美国人之一。另外两个在弗里斯科和波士顿。"

他们现在已经把她从短短的前厅挤回到了厨房。"你不明白我们要告诉你的事吗?这意味着你赢了十五万美元!"

幸运的是,她附近正好有一把椅子抵着墙。她一下子瘫倒在椅子上。"天啊，不！"

他们困惑而诧异地看着她。她根本没有如他们所期望的那样接受这个信息。只见她一直轻微而固执地摇着头。

"不，先生。一定是哪里出错了。肯定是另一个同名的人。你看，我根本没有什么拉维的彩票——你刚说那匹马叫什么来着？我真的没有什么彩票。"

他们四个人顿时都用责备的眼光望着她，仿佛她是想欺骗他们似的。

"你当然有，你肯定有。不然，他们从哪儿知道你的名字和地址的？这些信息是从伦敦传到我们办公室的，连同其他获奖者的名字。他们不是凭空捏造出来的。你一定是把这些信息写在票根上，在都柏林开赛前被抽出来。米德太太，你想干什么，玩我们吗？"

听到这里，她警觉地抬起头来，仿佛头一回想起了什么似的。

"等一下，我还没来得及去想！你们一直在叫我米德。自从我再婚后，米德就不再是我的姓了。我现在的姓是阿切尔。可是这么多年我已经习惯了听米德这个名字，一下子看见你们那么多人在门口弄得我太紧张了，直到现在我才注意到你们叫我米德。

"如果像你们说的，这张获奖的彩票是以米德太太名义买的，那么一定是我的第一任丈夫哈里在他死前不久以我的名义买的，而他从来没有告诉过我这件事。是的，一定是这样的，尤其是这个地址是电报发过来的。你看，这间屋子在我的名下，我失去哈里之后,甚至在我再婚之后,我还住在这里。"她无助地抬头看着他们,"可它在哪儿呢,票根还是叫什么东西来着?我根本不清楚。"

他们沮丧地瞪着眼珠子。"米——阿切尔夫人,你是说你不知道彩票在哪里?"

"直到现在,我都不知道他买过彩票。他对我只字未提。他可能是想给我一个惊喜,万一它中了什么。"她悲伤地盯着地上,"可怜的人啊,他死得太突然了。"她轻轻地说道。

他们的惊愕远远超过了她的。事情简直太好笑了:你会以为钱是从他们的口袋而不是从她的口袋里出来的。他们立即开始讨论,劈头盖脸地向她提出了许多问题和建议。

"哎呀,阿切尔夫人,你得到处好好找找,看看能不能找到!你知道,没有彩票你是拿不到钱的。"

"你把米德先生所有的东西都处理掉了吗?彩票可能还在那些东西中间。"

"米德先生有放旧证件的柜子吗?阿切尔太太,要不要我们帮你找找?"

电话响起来了。这个可怜的女人心烦意乱地把手搭在头上,失去了镇定,这也不足为奇。"请你们全部马上走开。"她不耐烦地催促道,"你们让我心烦意乱,我真的无法正常思考!"

他们走了出去,喋喋不休地谈论着这件事。"这故事比她有彩票更有人情味!我要这样写出来。"

阿切尔太太此时正在接电话。"是的,斯蒂芬,刚才一些记者来家里告诉了我这件事。彩票肯定还在某个地方,这样的东西不会就这么消失的,对吗?好,我希望你能找到它。"

他说:"十五万美元可是一大笔钱,不能轻易让它从我们的指缝中溜走了。"他又说,"我现在回家帮你找。"

四十八小时后,他们夫妻俩已经穷尽了智慧。更确切地说,四十八小时后,他们终于愿意承认失败。事实上,他们早在那之前就已经无计可施了。

"哭也没用!"斯蒂芬·阿切尔隔着桌子恼火地对她说道。他们的神经高度紧张,这个时候换作谁都会这样,所以,她对他尖锐的语气并不在意。

她强忍住抽泣,揉了揉眼睛。"我知道,但——这太折磨人了。这么近却又那么远!得到这么多钱对我们俩的生活来说会是一个转折点。这是生活和勉强生存的区别。我们所有想要的东西,所有想做的事,如果没有……而我们只能无能为力地坐在一边,看着它像一缕青烟一样飘走!我真希望他们从未来过这儿告诉我这件事。"

他们之间的桌子上扔满了字迹潦草的纸片。纸片上是某种奇怪的清单,是已故的哈里·米德的财产清单。其中一张单子写着包、手提箱等等。另一张单子上则写着桌子、办公桌、抽屉等等。第三张单子上写着西装,诸如此类。这些东西现在大多已丢掉了,找到的希望渺茫，只有少数还在他们手里。他们想要还原他死时或者说刚死之前积累的全部财产，以便通过所有可能消失的途径来追踪这张彩票。真是一个无望的任务。

已经检查过一部分了。在另外一些清单上标着问号。还有几张清单后面打着叉，表示排除可能性。至少可以说斯蒂芬·阿切尔表现得有条不紊。任何人都会这样，为了十五万美元嘛。

他们一件接一件仔细地检查，十遍、二十遍、五十遍，添上，去掉，修改，实际的搜索与清单始终保持同步。慢慢地，检查过的标有叉号的清单已经赶上并超过了带问号的数量。他们甚至联系上了哈里生前的朋友、生意上的熟人、他的理发师、他最喜欢的酒保、每周都会给他擦一次鞋的年轻人，所有他们能想到的和联系到的人，看看也许偶尔在某天哈里提到买了这张彩票，说得更直白一些，碰巧提到他把它放哪里了。但他没提到过。如果他觉得这件事还没有重要到要对自己的妻子说，那他为什么要对一个外人说呢？

阿切尔不再用指甲敲打桌边，恼火地把椅子向后一推，使劲地挤了挤眼睛。"快把我逼疯了！我出去散散步。也许我自己一个人待着能想到什么。"他拿起帽子，从前门往回喊道，"乔西，试一试好吗？继续加油！"过去的两天他一直这么说，但他们依然没有进展。"我不在的时候，别让人进来。"他补充道。那又是另一件烦心事。也许是意料之中的事，他们已经被记者、陌生人和猎奇者纠缠得快不行了。

他刚从前面人行道的尽头转过去,门铃就响了。这么短的时间,她肯定他是回来拿钥匙,或者告诉她他刚想到的一些新的可能。他前两天每次出门总要又回来两三次,告诉她他刚想到的新点子——可能在什么地方。但是没一个好主意。

但当打开门时,她发现自己错了:是几天前来的三个记者中的一个。这次是一个人来的。

"阿切尔夫人,运气怎么样?我看见你丈夫刚走,所以,我想我应该从你这里了解一些讯息。你丈夫每次都挂我电话。"

"不,我们还没找到。而且他嘱咐我不要跟任何人说话。"

"我知道,但你为什么不让我看看能不能帮上忙呢?我现在在这里不是作为一名记者。我的文章很久以前就报道过这个新闻。是这件事人性的一面吸引住了我,我愿意尽我所能来帮助你。"

"你能怎么做?"她怀疑地说道,"我们自己都没办法,你一个外人还能做什么?"

"三个臭皮匠胜过诸葛亮。"

她不太情愿地站在一边,让他过去。"你必须在他回来之前离开,我知道如果他发现你在这里,会不高兴的。但是我倒想和别人商讨一下,因为我们黔驴技穷了。"

他进屋时摘下帽子。"阿切尔太太,谢谢您。我的名字叫威斯克特。"

他们在扔满纸片的圆桌两边坐了下来,他坐在阿切尔之前一直坐的那把椅子上。她垂头丧气地把手放在桌上交叉着手腕。"好吧,我们已经试过了所有办法。"她无可奈何地说道,"你有什么建议吗?"

"他没卖掉彩票,因为这样的东西是不可转让的。寄到都柏林的存根上写的是你的名字,所以你仍然是收款人。不过,他很可能把彩票弄丢了。"

她坚定地摇了摇头。"我丈夫也这样提示过,但我更了解情况,这不是哈里的作风。他一辈子连根针都没丢过!此外,如果他真丢了,我知道他会告诉我的,即使是他一开始没有告诉我他买了彩票。哈里是个节俭的人,他要是弄丢了哪怕只值两块半钱的东西,都会很难过的,不可能一直不说的。"

"那么我们可以有把握地说,他死的时候还留着彩票。但在哪里,这是关键。因为不管彩票当时在哪里,现在很可能还在那里。"

他一边说话一边翻着桌上的碎纸片,自言自语地读着那些条目。"那钱包或者皮夹呢?我没有看到任何这一类的清单。"

"哈里自己没有钱包或皮夹,从没用过。他是那种喜欢把东西随手放在口袋里的人。我记得有一次曾给他买了一个皮夹,但他假期一结束就把它换了。"

"书呢?人们有时会用一些有趣的东西做书签,然后这些东西就会留在书页之间,容易弄丢。"

"我们已经讨论过了。哈里和我从来不是喜欢读书的人,我们不去任何公共或流动图书馆,所以家里的一两本书后来一直就没离开过这个屋子。哈里生前买回家的那一两本书还在这里,我把它们倒过来,彻底抖了又抖,一页一页地检查过了。"

威斯克特又捡起一张纸条。"他只有三套衣服?"

"很难让他买套新的,他对穿着不怎么讲究。"

"他死后你把衣服处理了吗?"

"只处理了一套棕色的。那套灰色的衣服还在楼上的储藏室里,它既旧又破,说实话我都不好意思把它拿给旧货商看。哈里穿了很多年。我不会让他在外面穿这套的,他只在家里穿穿。"

"那么,你处理掉的那套呢,卖了吗?你处理前有没有把衣服口袋都翻一遍?彩票可能留在其中一个口袋里面。"

"没有。我敢肯定没有。威斯克特先生,那种女人从没活在这世上,不管她是谁,在扔掉她丈夫的旧衣服之前,不仔细检查口袋,不把口袋的衬里都翻出来。这就像梳妆打扮一样,是天性,是女人本能的动作。我清楚地记得我那样做了——毕竟是不久前的事——那些口袋里什么都没有。"

"我明白了。"威斯克特若有所思地摸摸下巴,"那第三套呢?深蓝色双排扣的那套,怎么处理的?"

她不以为然地垂下眼睛。"那套几乎是全新的;他死前只穿过一次。唉,他死的时候,我们没多少钱,所以我没买新衣服,而是把这一套给了他们,让他们……给他穿上了。"

"换句话说,他穿着那套衣服下葬的。"

"是的。彩票当然不会在里面了。"

在回答她之前,他看了她一会儿,最后说道:"为什么不会?"她满脸惊愕的神色,还没来得及回答,他接着说道,"好吧,不管怎样,你介意我们谈谈这事吗?"

"不介意,但是……"

"如果你当时知道这件事,你会同意他买赛马彩票吗?"

"不同意,"她承认,"我过去常常因为诸如此类的事情而责骂他,比如像碰运气买感恩节火鸡,玩转盘数字游戏。我认为这样做是让钱打水漂了。不过他还是继续做。"

"他当时不想让你知道他有这张彩票——除非它中奖了——事实上确实中了。所以他把彩票放到你最不可能碰到的地方,这是合乎逻辑的,不是吗?"

"我想是这样。"

"还有一个问题:我猜你会像大多数妻子那样,时不时地刷刷他的衣服,尤其当他没几件衣服穿的时候?"

"是的,棕色那套,就是他每天上班穿的那套。"

"不是深蓝色那套吗?"

"那套是新的,他只穿过一次,没必要刷。"

"因此,他可能知道这一点,他也知道最安全的地方是把彩票放在那套没穿过的深蓝色衣服的一个口袋中,他不希望你在平时刷衣服时意外发现它。"

她的脸开始白得吓人。

他严肃地看着她。"我想我们终于找到了那张神出鬼没的彩票存根。我很担心它还跟你已故的丈夫在一起。"

她瞪着他,满是希望又充满恐惧。满是希望是这个让人筋疲力尽的谜团终于解开了。恐惧是如果根据逻辑结论而采取的解决方案会产生的必然后果。"我能做些什么呢?"她剧烈地喘息着。

"你能做的只有一件事,取得挖掘棺材的许可。"

她打了个寒战:"我怎么能做这种事呢?如果我们错了呢?"

"我肯定没错,否则我不会建议你这样做。"

从她的表情上看,他知道她现在也很肯定。她脑海中反对的声音愈来愈小,一个接一个地消逝了。"可是,如果彩票在那套衣服里,他们难道不会在给哈里穿上那身衣服前发现彩票,然后把它还给我吗?"

"如果是体积大的东西,比如一个厚厚的信封,或一个笔记本,他们很可能会这么做。但是像那样一张薄纸的票,你知道它有多薄,会很容易被忽略的,比如说藏在一个背心口袋的最里面。"

尽管起初似乎有些排斥,但她渐渐接纳了这个想法。"我真的认为事情确实是这样的,我想感谢你帮助我们摆脱了困境。等阿切尔回来时,我会和他好好谈谈,听听他的意见。"

威斯克特不以为然地清了清嗓子，一边朝前门走去。"你最好让他认为这是你自己的主意，根本不要提我，因为他可能会不满一个外人的介入。你知道是怎么回事。明天我顺便过来看看，你可以告诉我你们打算怎么办。你看，如果你打算进行挖掘，我想为我的报纸写篇独家报道。"他摸了摸插在帽带里的记者证，上面写着"公报"。

"我保证你会得到独家报道的，"她向他承诺道，"晚安。"

等阿切尔散步回来后，她让他把帽子挂起来，然后他垂头丧气地坐回他出去之前早些时候坐过的那把椅子上。

"斯蒂芬，我想我知道彩票现在在哪儿了！"她非常自信地脱口而出。

他抓着头发的手指停了下来，脸猛地转向她。"你这次确定吗，还是又白激动一场？"

"不，这次我敢肯定！"她没提威斯克特和他的到访，而是很快地讲述了威斯克特的推论还有他推导的步骤。"所以我肯定彩票和他一起在——棺材里。他去世前唯一一次穿着那套衣服是在一个周日的下午，当时他出去散步，在一家酒吧里喝了几杯啤酒。还有什么地方比那儿更有可能让他买彩票呢？然后他就把彩票留在衣服里了，知道我不太可能找到它。"

她原以为他会欣喜若狂，甚至都没有感觉到自己最初的疑虑——不过她现在已经克服了。她的推理思路似乎说服了他。她一眼就能看出，他起初露出了喜色，但随后脸立刻变得异常苍白。

"那么，我们可以跟它说再见了！"他沙哑地说道。

"可为什么啊，斯蒂芬？我们所要做的就是取得许可去……"

毫无疑问，他因某种情绪而脸色灰白。她认为这是反感的表情。

"我受不了！如果彩票在那里，那它就一直待在那里吧！"

"但是，斯蒂芬，我不明白。哈里对你来说真的没什么特别意义，你为什么要那样想呢？如果我不反对，你为什么要反对？"

"因为这……这就像亵渎！这让我毛骨悚然！如果我们非得去惊动死者才能得到那笔钱，我宁愿不要。"他已经站了起来，一只紧握的拳头放在桌上，拳头后面的手腕在明显地颤抖。"总之我很迷信，这样做不会有什么好果子吃的。"

"但你不是这样的，斯蒂芬。"她温和却坚定地反驳道，"每次看到梯子，你总要从梯子下面走过去，只为了证明你不迷信。现在你却说你迷信！"

她的坚持非但没有使他平静下来，反而似乎起了反作用，几乎把他逼疯了。他的声音发颤。"作为你的丈夫，我禁止你动那个男人的遗体！"

她不解地盯着他。"可你为什么这么焦虑不安呢？你的脸怎么这么白？我以前从来没有见过你这样。"

他猛拉衣领，仿佛要窒息似的。"不准再说了！忘掉曾经有过这样的彩票吧！忘掉那十五万吧！"他给自己倒了两杯酒，但他

59

只喝下去一半,他的手抖得厉害。

小巧的阿切尔太太费劲地跟着威斯克特下了出租车。尽管她的皮肤是棕褐色的,但在墓地入口处的弧光灯照射下,她的脸色煞白得像漂过一样。一个守夜人事先得知了他们的到来和目的,从日落起就关上的大铁门中为他们打开了一扇小门。

"别那样想,"这个报社记者试图安慰她,"我们到这里来做这件事没有任何罪过。我们有一份签过字的法庭命令,完全合法。只要你同意就可以,你签署了申请。与阿切尔没关系,你是死者的妻子,阿切尔和他非亲非故。"

"我知道,但是如果他发现……"她回头朝漆黑的周围看了一眼,仿佛害怕阿切尔跟着他们来到这里。"我不知道他为什么这么反对……"

威斯克特给了她一个眼神,等于是在说"我也这么想",但没回答。

"要很长时间吗?"她颤抖着说,他们跟着守夜人朝门口一间小屋走去。

"他们已经干了半个小时了。为了节省时间,许可证一批准,我就提前打了电话。他们现在应该差不多为我们准备好了。"

她靠在他的胳膊上全身发硬,他的胳膊保护性地挽着她。"你不用看的。"他安慰她道,"我知道在这个地方已经关门的情况下,大半夜的来这里,让你更加觉得糟糕透了,但我估计这样做我们就不会引起许多讨厌的曝光和关注。你就这样想：如果你愿意，作为补偿，你可以用一部分钱为他建造一座豪华的陵墓。现在你就坐在这个小房间里，别去想它。事情一办完，我就回来。"

在小屋昏暗的电灯下，阿切尔太太脸色苍白地笑了笑："一定要把他——完了以后把尸体好好放回去。"她试着勇敢起来，但这对任何一个女人来说都会是一种难熬的经历。

威斯克特跟在守夜人后面，沿着那条似乎把这个地方一分为二的碎石路走下去，向导手中电筒的白色灯光在他们前面的地上滚动着。他们在一条特殊的小路边拐了个弯，排成纵队往前走，一直走到一群一动不动的人影跟前。他们神情诡异地等候着，地上放着几盏提灯。

墓地已经变成了一个露天的槽，周围堆着挖出来的填充物。一个曾经摆放在墓顶上的枯萎花圈被扔到一边。米德去世没多久，墓碑或标识都还没有竖起来。

棺材被抬起来，跨放在挖掘而成的泥土堆上，等着威斯克特的到来。工人们正扶着铁锹休息，对别的毫不关心。

"好吧，开始吧，"威斯克特简短地说道，"这是批准证书。"

他们拿起冷錾，沿着各个接缝的地方将棺材盖敲出一个楔形，盖子就弹了起来。然后他们用撬棍撬开，就像打开任何大箱或者包装箱一样。然而，扭曲的铁钉发出的尖叫声和摩擦声很瘆人。在此过程中，威斯克特总是来来回回地转着身。他很欣慰自己理智地把阿切尔太太留在了大门口。这不是女人该待的地方。

最后,声音停了,他知道他们已经准备好了。一个工人漫不经心地说:"先生,该你了。"

威斯克特扔掉香烟,做了个鬼脸,好像烟味很糟似的。他走过去,蹲在打开的棺材旁。有人好心地把白色灯光直接照在他面前。"你能看到吗?"

威斯克特不情愿地把头扭到一边,然后又转回来。"比我想要看的还多。别照脸,行吗?我只想要口袋里的东西。"

灯光随之晃动了一下,给人一种棺材里的东西在动的可怕错觉。守夜人默默地把一双橡胶手套递过他肩膀。威斯克特戴上手套,发出微弱的噼啪声,在笼罩着这一群人的巨大沉寂中听得很清楚。

这件事没花多长时间。他伸出手,解开双排扣外套的扣子,敞开衣服。他周围的人往后退了一步。他的手毫不犹豫地伸向马甲左上方的口袋。如果干这活需要用脑子的话,那也是无形的。两根手指弯曲着探究,消失在蓝色的哔叽布里。两指空空地出来,换到同一边的下口袋里,手指再次探进去。手指出来时拿着一张折起来的方形绉纸,像一片干枯的叶子一样嘎嘎作响。

"拿到了。"威斯克特闷声说道。

围在他旁边的人们,至少那个举着电筒的人,肯定凑过身来看了看那张纸。电筒的光圈不经意地又往上移了。威斯克特眨眨眼睛。"别照脸。我告诉过——"灯光顺从地自动纠正过来。他准是在一刹那间多看了两眼，视线落到不该落的地方去了。"把光照到脸上！"他突然撤回之前的命令。

彩票在这以前一直是关注的焦点，但现在却静静地掉在马甲上，没人注意了。威斯克特的双眼盯在白光照亮的脸上。一种异常的寂静笼罩着这个恐怖的场面。这就像一幅静物画，他们都一动不动。

威斯克特打破了寂静。他只说了两件事。"嗯哼，"他确定地摇摇头，紧接着，"验尸。"他终于站起来说道，又想起来取回那张已被丢弃的彩票。

几分钟后，当抬着棺材的人们从昏暗的灯光中走过来的时候，阿切尔太太仍然靠着他站在守夜人的小屋里，手里攥着刚刚抢救出来的彩票。引路的提灯让阿切尔夫人看见了棺材。

她抓住威斯克特的袖子。"他们抬出去的是什么？不是他，对吗？那辆关着门的车好像是一辆小货运卡车，那辆刚开到外面的车，是干什么用的？"

"阿切尔太太，那是停尸房来的。"

"但是为什么？出什么事了？"那天晚上，彩票第二次飘了起来，被扔到了地上。

"没什么，阿切尔太太。我们现在就走吧，好吗？在你回家之前，我想和你谈一谈。"

当阿切尔太太准备重新坐进一直在外面场地上等着的出租车

时，她又退后一步。"等一会儿，我答应斯蒂芬回家时带一份晚报回去，马路那边就有一个报刊亭。"

威斯克特在出租车旁等着，阿切尔太太一个人过去了。她突然想到，最好还是去看看威斯克特是否事先写了有关那张丢失彩票的报道。如果还来得及的话，她想说服他不要这么做。"请给我一份《公报》。"

卖报人摇了摇头。"太太，我从没听说过这个报纸，这个镇上没有这种报纸。"

"你确定吗？"她大吃一惊地叫出来，回头瞥了一眼街对面正在出租车旁等她的那个人。

"我确定，太太。我经营这个城市出版的每一份报纸，但是我从来没有遇到过叫《公报》的报纸！"

当她返回到威斯克特那儿时，她平静地解释道："我改变主意了。"她抬头看了一眼贴在他帽带上的记者证，上面清清楚楚地写着"公报"。

她在回家的出租车上非常安静，似乎陷入了沉思。她只是偶尔抿一下嘴唇。

"阿切尔太太，我接到指派，写一篇关于你们的专题文章。"他带她去了一家小自助餐厅，坐下后，威斯克特开始说道，"人情世故的东西，你懂的。所以我想问你几个问题。"

阿切尔太太看着他，没有回答。她仍抿着嘴唇，陷入了沉思。

"米德死得很突然，是不是？当时到底是什么情况？"

"他已经不舒服好几天了……消化不良。那天晚上我们吃完晚饭，我在洗碗。他抱怨说自己不舒服，我建议他到屋外呼吸一下新鲜空气。他从屋后面走出去，在他那个想要种菜的菜园里闲逛。"

"在黑暗中？"

"他随身带了小手电。"

"请接着说。"当她讲话的时候，威斯克特用速记法或是什么做着笔记——报社记者不会这么做。

"大约半个小时过去了。我一度听到附近哗啦的撞击声，但没什么别的声音，所以我就没去看。不久之后，斯蒂芬——就是阿切尔先生——顺路来这里玩。过去的那几个星期他一直这样，他和哈里会坐坐，以男人的方式发发牢骚，喝几杯酒。"

"然后我到后门去叫哈里进来。但哈里没回我。我们发现他躺在那里，扭动着身体，说不出话。哈里的眼睛直打转，他似乎在抽搐。斯蒂芬和我把他抬在中间，我给医生打了电话，但等医生来时，哈里已经死了。医生告诉我们这是急性消化不良，加上他的心脏受到刺激，也许是我跟你说过的那声撞击声引起的。"

他向她眨眨眼睛。"我相信那'撞击声'跟引发心脏受刺激有关系。你是说验尸官把哈里的死归结于急性消化不良，记录在他的正式报告里？那是市政委员会之后要处理的事情。"

"为什么？"她倒抽了口气。

他说下去，仿佛没有听见她的话："你说阿切尔就是给米德投保的那个推销员？当然，受益人是你？"

"是的。"

"是一大笔钱吗？"

"报纸文章有必要知道这一切吗？威斯克特先生，你不是记者，压根就不是，根本没有《公报》这个报纸。你是一个侦探。"她因歇斯底里而声音发哑。"你这样盘问我是为了什么？"

他说："不好意思等我一会儿，我想打个电话。等我回来后再回答你。阿切尔太太，你待在这儿别动。"

他站在房间对面墙上的电话前时，眼睛一直盯在她身上，手拨着号，然后问了一两个简短的问题。她呆呆地坐在那里，不时地用舌尖湿润着嘴唇。

当他重新坐下时，她又重复了她的问题。"你找我想干什么？你为什么要问哈里去世的事？"

"因为我今晚早些时候挖出你前夫的遗体时，发现他头上皮肤破了，似乎是头骨受到了打击。我给停尸房打了电话，他们刚刚大致检查了一下，告诉我他头骨骨折了！"

她的脸色变得惨白。他直到现在才发现她整张脸、脖子和胳膊被晒成了有点像饼干一样的金黄色。这种苍白更衬托了金黄色的皮肤。她用双手抓住桌沿。有那么一会儿，他还以为她要打翻椅子倒在地上呢。他伸出一只手来帮她，但她不要。他递给她一杯水。

她嘴唇几乎没碰到杯子，接着深深地吸了一口气。

"那么，我看见他们在黑暗中从我们身边抬过去的就是哈里的棺材，是吗？"

他点点头，翻了翻一直在做笔记的纸。"现在让我把故事讲清楚。"他说话的时候，眼睛没有去看这些"笔记"，而是像螺丝锥一样穿透了她那张饱经折磨的脸。

"斯蒂芬·阿切尔为你前夫投了一大笔保险，你是受益人。他成了米德的朋友，养成了晚上来你们家里坐坐和米德聊天的习惯。"

"你前夫死的那天晚上，他走进了房子后面的黑暗中。你听到一声碰撞声。阿切尔不久后来到房子的前门。当你去喊你前夫时，他快不行了，然后死了。一位私人医生和一位市政验尸官都认为米德是急性消化不良。这两个家伙的财务和道德都将被调查——但我现在不关心这个，我只关心你前夫死亡的事。这便是我的工作。现在，我把故事讲明白了吗？"

她过了很长时间才回答，似乎她本来不准备回答，但他还是等着。最终她说了。如同一个无动于衷、神情冷漠的女人做出了一个重大决定，把一切关于后果的想法都抛在脑后。

"没有，"她说，"你没弄明白。我们再从头过一遍好吗？首先，你介意把你做的笔记撕掉吗？等我讲完，它们就没什么用了。"

威斯克特把做的笔记撕成碎片，扔在地上，面带微笑，仿佛他一直就打算这么做似的。"阿切尔太太，现在开始吧。"

她像是在说梦话，眼睛盯着他的头上方，仿佛在从天花板上汲取灵感。"我第一眼见到斯蒂芬时就被他吸引了。无论如何，他不应该为发生的事负责。他是来看哈里而不是来看我的。但是，我越是看到他，我的感情就越强烈。哈里把我作为受益人投了巨额保险。我情不自禁地想，如果有什么能把哈里从我身边带走，那该多好。我会过得舒舒服服的，而且斯蒂芬也未婚，有什么能阻止我最终和他再婚呢？这件事从想想变成了白日梦，从白日梦变成了行动。

"那天晚上，哈里到屋子后面去透透气，我在洗盘子的时候终于想出一个点子。突然之间，我发现自己在实施这个想法。我上了楼，拿出一个……一个我早就不用了的旧熨斗。我把它藏在围裙底下，走下楼，在黑暗中走到他跟前。我知道斯蒂芬晚些时候会过来，那就是我所能想到的。哈里不再是我的丈夫，不再是我曾经爱过的人，对于我来说，他已经变成我和斯蒂芬之间的障碍。

"我站着和他聊了一会儿，不知道要如何去做是好。我不怕被人听到或看到，因为我们家的房子独门独栋，离别的房子很远。但我害怕看到他在最后一刻眼中的神色。突然我看见他身后有一只萤火虫。我说：'亲爱的，快看，你的萝卜地里有萤火虫。'

"他转过去背对着我，然后我下手了。我抓住熨斗的把柄，朝他后脑勺上用力一拍。他没有马上死去，但是他的大脑已经瘫痪，不能说话了，如此，我明白一切都结束了。我走到远处的田里，用哈里种园子的锄头把熨斗埋了。

"然后我回到屋里，洗干净手。我刚做完，斯蒂芬就过来了。我和他一起走到后门，假装叫哈里。然后我们发现他，把他抬了进来。斯蒂芬直到今天都不知道是我干的。"

"你是说他没有注意到伤口？没流血吗？"

"有一点血，但我已经把它冲洗掉了。我取了一些我的粉色遮瑕霜，在伤口上涂了一层，甚至还在上面扑了粉，这样伤口就不太明显了。你知道，他有点秃顶。我给他梳了头发，把伤口完全遮住了。我做得很好，毕竟我已经使用遮瑕霜很多年了。"

"很有意思。显然，这一切瞒过了你打电话叫来的医生、验尸官和最后给哈里准备遗容的殡仪员。这就解释得通了。现在我问你，你是正对着他的后脑勺打的，还是有点偏向某一侧，比如左侧。"

她停顿了一下，然后说道："是的，往左边一点。"

"我想，你可以告诉我你后来把熨斗埋在了什么地方吧？"

"不行，我……我后来把它挖出来了。有一次我坐船过河去看我弟妹时，我把它扔到河中央了。"

"但是你能告诉我它有多重吗？是大还是……？"

她摇了摇头。"我知道我很笨，但我没法形容。就是一个熨斗。"

"你用了这么多年还无法描述？"他沮丧地叹了口气，"但至少它是熨斗，你能确定吗？"

"哦，能。"

"好吧，那差不多包含了所有信息。"他站了起来，"我知道你累了,不耽误你时间了,多谢。晚安,阿切尔太太。"

"晚安?"她困惑地回应道,"你的意思是,在我告诉你这一切之后,你不打算抓我,不打算逮捕我?"

"我倒很想相信你。"威斯克特冷淡地说道,"不过有一两点对不上。哦,这也没什么可多说的,但足以阻止一次干净利落的逮捕,比如你似乎把一个忠诚的妻子的心掺和进来了。随便举个例子,你的脸上没有一丝皱纹,所以如果你真的像自己说的那样使用了任何粉色遮瑕霜,那就漏洞百出了。

"其次,哈里的后脑勺没挨打,是右太阳穴上方受到了攻击。阿切尔太太,你不会忘记这种事吧!他额头上一根头发也没有。"

突然,她瘫坐在地上,把脸埋进扒在桌上的胳膊里。"天,我知道你现在会怎么想!不是斯蒂芬干的,我知道他没有!你不会……"

"目前我什么也不打算做。但只有一个条件:我要你郑重许诺不向斯蒂芬提起这次谈话。不许提我把哈里遗体送到停尸房的事,任何其他的事也都不许提。否则我要提前采取预防措施,拘留他。这样即使他无罪,他也很难摆脱这件事。"

她的感激几乎是低声下气的。"噢,我保证,我保证!我发誓我一个字也不说!但我相信你会发现他是无辜的!他很善良,很体贴,对我无微不至。"

"我猜,你的保险受益人是他吧?"

"哦，是的，但这也没有什么。必须有人是受益人，而我既没有孩子也没有近亲。如果你怀疑他怀有这种想法，那你就大错特错了！为什么我这么说，因为即使我得了最轻微的感冒，他也会担心得不得了！大约一个星期前，我得了轻微支气管炎，他难过极了，立刻把我送到了医生那里。他甚至带了一个太阳灯回家，一直要我坚持用它来治疗，用来增强我的抵抗力。当然，这东西摆在那儿是有点讨厌，可是……"

他带着她走到外面，东张西望地想找辆出租车送她走，而她一直在叽叽喳喳地说个不停。他似乎对这段谈话已经没什么兴趣了。"是吗？为什么？"

"噢，浴室本来就很小，而且太阳灯总是从我头上方倒下来。他坚称使用太阳灯的最佳时间是在泡澡的时候，那时我全身上下没有遮挡，可以获得最好的治疗效果。"

威斯克特还在东张西望，想找辆出租车把她送走。"灯很重，是吗？"

"不重，但又长又细。但幸运的是，他每次都在那里，把灯扶起来。"

"每次？"他只说了这么一句。

"对呀。"阿切尔太太不以为然地笑了笑，仿佛要向他描绘一幅能解除对她丈夫戒备的图画，让这个人不要再猜疑如此好心肠和慷慨的人。"我总是等到他早上离开家以后再洗澡。可是他几乎总是在到了车站的最后一刻才发现忘了什么东西,然后急匆匆地赶回来,跑进浴室,刚好灯倒下来了。"

"他忘了什么东西?"他为她找到了一辆出租车,但现在他却让车等着。

"噢,有一天是一块干净的手帕,第二天是他需要的几张纸,第三天是他的自来水笔……"

"可是他把这些东西都放在浴室里吗?"

她又笑了。"没有。但是他永远也找不到自己的东西,所以他冲进浴室来问我——然后灯就倒了!"

"几乎每次你打开灯的时候都会这样?"

"我想没有哪次不是这样。"

现在是他望着她的头顶上方,就像她之前那样。他告别时说的最后一件事是:"你会遵守你的诺言,不向你丈夫提起这次见面,是吗?"

"我会的。"阿切尔太太向威斯克特保证道。

"对了,还有一件事。明天早上你迟几分钟再沐浴和用太阳灯治疗。等你丈夫离开家后,我可能想进一步问你一些问题,我可不想把你从浴盆里弄出来。"

她进屋时,斯蒂芬·阿切尔从椅子上猛地站了起来,仿佛他身下的弹簧被释放了一样。她没法判断他当时是一种什么样的情绪,只知道这种情绪很强烈,有点焦虑。"你肯定看了两遍电影吧!"

他指责她。

"斯蒂芬,我……"她在钱包里摸索着,"我没去看电影。我拿到了彩票!"忽然,彩票放在他们两人之间的桌子上,就像刚从那马甲口袋里掏出来一样。"我做了你叫我不要做的事。"

斯蒂芬的眼睛睁得老大,仿佛要从脸上射出来。突然,他的手像老虎钳一样一把搂住她的肩膀。"谁和你在一起?谁看到……拿到彩票?"

"没人,我拿到了许可证,拿给负责公墓的人看了,他找了几个工人——"她想起威斯克特的警告,像有一只警告的手指在她的脑海里摇动。

"嗯,接着说。"他紧握的手一直没松开过。

"他们从马甲口袋里把彩票取了出来,然后又盖上棺材盖,把棺材放进去,埋起来。"

他颤抖的嘴唇缓缓地发出嘶嘶的呼吸声,就像从安全阀里出来的声音一样。他的手离开了她的肩膀。

"瞧,斯蒂芬——十五万美元!就在我们面前的桌子上!面对这种情况,难道别人不会这么做吗?"

他似乎对这张彩票不感兴趣。他的眼睛一直紧盯着她。"你确定棺材是按原样放回去的吗?"

她不再说话。

他摸了摸他的后颈。"我不愿意去想……他没被原样放回去。"

他结结巴巴地说道。他把她留在那儿,独自上楼去了。

她仿佛能看见四周的墙上到处都是模糊的影子,她知道这些影子根本不存在。难道是那个侦探给她洗了脑使她产生了疑心?或者是……

第二天早上,阿切尔伸手取下他的帽子,吻了一下她,打开门。"再见。你别忘了洗澡。我要看到你结结实实的,唯一的办法就是每天坚持治疗。"

"你肯定今天早上没有漏掉什么东西吗?"她在他身后喊道。

"这次都带了。想想看,等我们兑现了那张彩票,我就不用每天早上拖着这个公文包和这些文件去上班了。我们今晚庆祝一下吧。别忘了洗澡。"

等他消失在了人行道尽头几秒钟后,门铃响了。威斯克特一定是一直在监视着等他离开,从屋子侧面过来,很快就来到门前。

一见到他,她所有的恐惧又回来了,这在她脸上可以清清楚楚地看出来。她闷闷不乐地站在一边。"我猜你是想进来,想在一个没有谋杀案的地方发现一桩谋杀案。"

"这倒是个好主意,"他郑重地同意,"我不会耽误你太久的。我知道你急着去洗澡,我能听到楼上浴缸里的水流声。他今天早上比平时离开得晚了一点,是吗?"

她看着他,毫不掩饰对他的敬畏。"他确实是这样……可你是怎么知道的?"

"他今天早上刮胡子刮的时间长一些,这就是原因。"

这次她都不会回答了,只是一脸茫然地张着嘴。

"是的,我一直在监视这座房子。不仅是今天早上,而是从你昨晚到家以后。我偶尔也会有别的事,那我就找人替我看着。从我那个位置可以很清楚地看见你浴室的窗户。我看得出来,他今天早上花了很长的时间刮胡子。我能上去看看吗?"

她又默默地站到一边,跟着他上了楼。铺上瓷砖的狭小浴室里已经弥漫着水汽,水快溢出浴缸了。旁边放着一盏紫外线日光灯,插在墙上的插座上。他看了看,没有去触摸。他摸的是放在篮子上的卷尺。他把它捡起来,静静地递给她。

"我想我们中有人把它落在这里了。"她茫然地说道,"这属于……"

他不等她说完,就又动身下楼去了。她谨慎地先关掉水龙头,然后跟着他下去了。他没有征得她的同意,径直往下走进了地下室。过了一会儿,他又从底下走了上来,跟她在大厅后面会合。

"只是想找出给房子供电的控制箱的位置。"他回答了她疑问的眼神。

她谨慎地后退了一步。她一句话也没说,但他已经把刚才在她脑子里一闪而过的那个念头大声地说了出来。"不,我不是疯子,也许我只是有点神经兮兮的。也许一名出色的侦探,就像一个杰出的艺术家或作家一样,都要有点神经兮兮的。现在我们没多少时间了。阿切尔先生肯定又在停车场想起忘拿了什么东西要回来了。在他回来之前，我先问你两三个简单的问题。你说在米德去世前不久，阿切尔开始常常夜间来访。他们变得很亲密。"

"是的，确实这样。他们彼此直呼其名，相处得很融洽。他们坐着聊天，喝着威士忌。唉，就在哈里死前的两三天，斯蒂芬还给哈里带了一种昂贵的威士忌作为礼物。他是多么看重他啊。"

"这发生在米德消化不良之前还是之后？就是验尸官或医生诊断出导致他死因的消化不良。"

"为什么？是在之前吧。"

"我明白了。那是一种相当昂贵的威士忌。因为昂贵所以阿切尔坚持让米德一个人喝，甚至不愿分享一口，只陪他喝一些普通家酿的黑麦酒。"威斯克特说道。

她惊讶得脸色苍白。"你怎么知道的？"

"我之前不知道。现在知道了。"

"威士忌酒的量很少，装在一个小石壶里。他在带来之前就已经在家里尝过了。"她突然停住了，看着他脸上明显的会意的表情。"我知道你在想什么！你认为斯蒂芬用酒毒死了他，是吗？昨晚上说是步枪子弹，今天说是有毒的威士忌！好，侦探先生，我告诉你，哈里根本没喝威士忌。我给他们准备酒水的时候，酒壶掉在了地上，洒得满厨房地上都是。我很内疚，不敢告诉他们。斯蒂芬对那酒赞不绝口的时候，我让人去买了一瓶普通的苏格兰威士忌用来冒充,他们根本不知道这其中的区别!"

"我怎么知道你说的是真是假?"

"我有一个事件目击者,就是这样!从专卖店送一瓶新酒过来的送货员看见我在厨房满地捡碎片。他甚至还摇摇头,说多可惜啊!他还指着说有些圆形碎片的凹洞里还装着许多酒,足够一个人喝上一大口!然后他帮我把它们捡了起来。你去问他!"

"我想我会和他核实一下的。他在哪家商店工作?"

"那家理想专卖店,离这儿就几条街。然后你一定要回来,再多迫害我丈夫一些!"她愤愤地说道。

"不,太太,我不打算对你丈夫采取行动。任何行动都将首先来自他。现在,我要问的问题已经问完了。我的案子完整了。现在他回来了——来拿他忘记的东西了!"

一道模糊的阴影出现在了前门的嵌板玻璃前,一把钥匙开始在锁里转动。她惊慌地发出低声的惊叫。"不,请不要逮捕他!"她的双手恳求地伸向他的肩膀,想挡开他。

"我不会因为人们没犯事而逮捕他们。我从后门离开,而他从前门进来。你快到浴室里去,顺其自然吧。快点,别走漏风声!"

阿切尔太太像着了魔似的跑上楼梯,身上裹的衣服像降落伞一样在她身后飘动。威斯克特出去时,后门隐隐传出咔嗒声,但被前门的开门声淹没了,阿切尔进来了,吵吵嚷嚷地说着把钥匙取出来耽误了他的时间。他听到楼上有水隐隐溢出来的声音。

他关上身后的门，走到楼梯口，十分自然地往楼上喊道："乔西！知道我的含铁药丸在哪吗？我忘了带走。"

"斯蒂芬！又没带？"她责备的声音传下来，"你走的时候我问过你——现在我敢打赌你错过了火车。"

"有什么区别吗？我可以乘九点二十二分那班火车。"

"含铁药丸在餐厅的餐边柜里，你清楚的。"她的声音像节拍器一样清晰，她四周的瓷砖就像回音板一样，声音在上面回荡。

"听不清你说什么。"他已经走到楼梯中间了，"等一下，我就上来。"

他拖着脚步上楼的声音盖住了后门方向第二次传来的微弱的声响，仿佛是门闩打开而不是关严的声响。过了一会儿，威斯克特的身影从大厅后面的拐角处闪过，敏捷而静悄悄地穿进了地下室的门。他急匆匆地把什么东西塞在门下面，使门半开着，然后走下地窖的楼梯。

"我说了药丸在餐边柜里。"她还在叫着。

而此时阿切尔已经跟她都在浴室里了。她斜躺在浴缸里，蓝绿色的水淹没了下巴。他进来时，她因为害羞身体更往下沉了一些。明亮的太阳灯在长方形浴室镜的映衬下，投射出一个鲜艳的紫罗兰色光晕笼罩着她。

"你确定药丸不在药柜里吗？"她还没来得及回答，他就从铺着瓷砖的小隔间向药柜走去。当他走到与那盏灯并行位置的时候，他的胳膊肘悄悄向外伸出去,离太阳灯距离不过一英寸。

长柄灯摇摇晃晃,几乎以催眠般的缓慢速度向满溢着水的浴盆倒下去。

"斯蒂芬,灯!"她警告地尖叫起来。

他背对着她,在药柜里摸索着,似乎没有听见她的话。

"灯!"她第二次尖叫起来,声音更加刺耳,但已经来不及了。

灯柄在空中拱起时,紫罗兰色的光已经变成橙色,橙色又暗成了红色。然后水将它熄灭了,发出毒蛇般的嘶嘶声。灯里的电流似乎在灯倒下来之前就消失了。

听到水花四溅的声音,他终于转过身来,非常镇定地面对着她。只是当看到她从浴盆里站了起来,抓起一条毛巾裹住自己,并试图躲开发出嘶嘶声的灯时,他的脸上才露出惊讶的神色。

他的眼睛愤怒而疑惑地盯着另一边墙上的插座。电线还插着。他走上前,拔出插头,重新插上——仿佛是已经断电了想要再接上。她还站在齐膝深的水里,没有倒下。她直挺挺地站在那里,瞪大着眼睛,用一只空着的手摸索着要把灯捞起来。

他脸上的惊讶变成了一种阴沉、卑鄙而坚决的表情。他两只手的手指弯得像钩子,呈抓握的姿势。两只手慢慢地伸过来。他向前迈了一步,越过浴盆的边缘去抓她。

一个声音说道:"好吧。你本来有机会,但你弄砸了。现在,在我踢掉你的几颗门牙之前,把你的双手放到这里来——而不是愿意相信一个自命不凡的警察！"他愤怒地转向威斯克特。"好吧，你已经让她中了毒，让她站在你那一边，"他咆哮道，"你到底想干什么？你不可能指控我犯了一桩根本没有发生过的罪行！"

威斯克特向他的助手走去。"你有什么发现——随便什么？"

另一个人默默地递给他一张写了东西的纸。威斯克特读了一遍，然后抬起头来，微微地笑着。

"我不能因为你犯了刚刚想干而又被阻止的罪行而抓你。但我可以因为你犯下了连你自己都不知道但却真正发生了的罪行而抓你。我正是凭这一点而逮捕你！"

他朝他挥挥手上的报纸。"这个报道说，1939年12月21日，理想专卖店雇佣的送货员蒂姆·麦克雷在下班回家后的几个小时内痛苦地离开了人世。人们认为他的死是偶然事件，而不是因为毒酒或'烟'，在当时，没有任何东西含有毒成分。

"可是，我在这儿有阿切尔太太的帮助，另外，也通过麦克雷无意中透露给他老板的话——虽然老板到现在还没意识到这一点。但我将证明，麦克雷舀了留在破碎酒壶里的残酒喝，那酒正是你带进这座房子并给了哈里·米德，而自己却不碰的威士忌。我会安排人把麦克雷的尸体挖出来，我想我会在他的重要器官里找到我需要的所有证据。从你脸上的表情我就知道你也是这么认为的！

"警车来了，要送我们去总部。让我们在离开前，把整件事总结一下，好吗？

"米德实际上是自然死亡,死于急性消化不良,而听到意外的撞击声更加剧了病情——可能是一些孩子在附近玩耍。这就排除了验尸官玩忽职守。但你一直觉得是自己杀了米德,因为你非常清楚地知道自己带来了一壶有毒的威士忌,而且你以为米德喝了。

"她,作为无辜的一方,得到了他的保险,然后你娶了她。这意味着她将是下一个计划。你不会再准备用毒了,虽然你认为自己第一次侥幸逃脱了,但你觉得那样是自找麻烦。

"在洗澡时电死绝对万无一失——如果成功了的话,你无须担心后果。所以你慢慢来,确保它纯粹是一起意外事件。谁能证明事情发生时你在房间里?谁能证明是你用胳膊肘把灯推倒的呢?你早上九点十五分离开时她已经被电死在浴缸里,直到你五点钟下班回来才'发现'她被电死了。

"然后这中间冒出彩票事件,这并没有阻止你。这时候你已经习惯谋杀了,你决定无论如何都要继续下去。要是在她赢得十五万美元之前发生一场'事故'就好了,要是在她赢得十五万美元之后发生一场'事故'就更好了。

"与此同时,米德的姐姐一直怀疑他的死有疑点——可能只是因为他的遗孀嫁给了你,而不是在她的余生中穿着麻衣守寡,所以她到我们总部来要求我们进行调查,而我则被秘密地指派了这项任务。

"你生怕米德的尸体被挖出来,怕你的'罪行'会以某种预料不到的方式暴露出来。你害怕我们也许可以通过米德的尸体状况来判断他是否中毒了。真相截然相反——我发现他太阳穴上有一处伤口，皮肤破了，一根头骨断了。我起初认为这就是死因，但结果证明并非如此。

"直到我去市中心更仔细地检查棺材时，我才注意到棺材上的凹痕，那是在米德尸体放进去之后棺材掉到地上留下的。殡仪员的助手还只是个孩子，他告诉我们他在把棺材装进灵车时出了意外，棺材掉地上了。棺材头部从装货的一侧摔了下来，摔得太狠了。尸体的头撞到一边，皮肤摔破了，头盖骨撞裂了。

"我质问了阿切尔太太，她急忙为你辩护。她想方设法用一个熨斗的无稽之谈来为自己辩解，这比任何一个律师都要高明。但我在追踪一件最终证明根本没有实施的谋杀案的过程中，意外地发现了另一个案件。换句话说，它看似一场谋杀，但实际上不是，却阻止了一场将要发生的谋杀。

"我没法就这两桩案件中的任何一个逮捕你。但当我把这两桩案件与你确实犯下却直到现在才知道的蒂姆·麦克雷谋杀案相互叠加的时候，我可以把你抓起来关进监狱很久，久到你出狱时不会再有谋杀的念头了。

"有点疯狂，是不是？但很简洁。我们的车在等着呢。"

三点钟

她是自寻死路。他一遍又一遍地告诉自己,这不是他的错,是她自找的。虽然从没见过面,但他一直知道有这么一个男人。他早在六个星期前就知道了。他发现了一些蛛丝马迹。有一天回家的时候,他看见烟灰缸里有个烟头,一头是湿的,另一头还是热的。他还在家门口柏油路上发现了滴落的汽油,而他们家并没有车子,那也不可能是送货的车,因为从那些滴落的汽油可以看出,车子在那儿停了很长时间,至少一个小时,甚至更久。他有一次还瞅到过那辆车,那时他从两条街区外的另一个方向下公交车,远远地看见转角处停着一辆车,是一辆二手的福特。他回家的时候,妻子经常慌里慌张的,似乎不知道自己在干些什么或是说些什么。

他装作视而不见。他,斯塔普,就是这种人,从不把仇恨或积怨写在脸上,从不想着去疗伤,而是在内心深处滋养着。这种人很危险。

如果他不再自欺欺人,他就得承认,下午这个神秘的访客其实就是他给自己找的借口,早在很久之前,他就幻想着,一旦抓到任何把柄,他一定会把她除掉。在过去的这几年里,他内心总是有一个声音在催促着,杀了她,杀了她,杀了她!也许从那以后,他就该被当作脑震荡在医院接受治疗。

斯塔普没有任何正当的理由。他妻子自己没有钱,他也没有为她买保险。其实杀死妻子对于他而言毫无益处。他也没有想过找别的女人来替代她。老实说,作为妻子,她温顺又随和,不唠叨,他们俩也没有吵过架。但他内心的声音一直挥之不去,杀了她,杀了她,杀了她!直到六个星期前,他还一直压制着,其原因更多的是出于恐惧与自我保护而不是内疚。当他发现自己不在家时,会有一个陌生男人下午来家中见她,一下子就释放出了内心那邪恶而又残忍的魔鬼。现在一想到要除掉两个人而不只是一个人,他觉得越来越刺激了。

因此,六个星期以来,他每天下午从店里回家时,都会随身带一点小东西,很小的东西。这些东西毫无害处,即便有人看见,也不会有所怀疑。只是一些他在修手表时会用到的细铜丝。每次一小包，里面的东西除了爆破专家外，没有人会认识。要是每一个小包里的东西足够多的话，一旦被点燃，就会像闪光粉一样燃烧起来。像那样随意地放着，不可能对人造成直接的危害，但如果靠得太近，也会烧伤皮肤。但是像他那样，把它们紧紧地塞进一个小盒子里，那个原先放在地下室的肥皂盒子，那么，整整三十六天（因为他星期天从来不往家里拿东西）积累下来的这些东西，就另当别论了。警察绝对不会发现什么，这不堪一击的房子不会留下多少存在的痕迹。他们会以为是下水道臭气，或者是附近的天然气泄漏。两年前，在城市的另一端就发生过此类事故，当然情况没那么糟糕，这件事给了他最初的启发。

　　他也带了电池回家，那种普通的干电池。只带了两节，一次一节。就那些东西本身而言，从何而来那是他斯塔普自己的事情，没人会知道他从哪儿弄来的。那就是每次像他这样只拿这么一点儿东西的好处，他拿东西的那个地方也不会发现丢了东西。妻子从来不会问那些小包包里装着什么，因为她根本就没见过那些小包，每次他都是放在口袋里。（当然，他回家也不抽烟。）就算妻子看见了，也不会问些什么。因为她不是那种喜欢问东问西的爱管闲事的人。她只会觉得那些也许是些手表零件，他带回来是为了晚上在家里加班。而且她最近一直慌慌张张、魂不守舍的，极力想要掩盖有一个访客的事实，所以即使他抱着一个落地钟回来，她也不会注意到的。

唉！对她来说，这一切就太糟糕了。当她在一楼房间里悄无声息地忙来忙去的时候，死神就在她的脚下织着网。而他还在店里修着钟表，电话就会响起来："斯塔普先生，斯塔普先生，您的房子被炸毁了！"

脑袋中一阵轻微的震动让事情变得如此美妙！

他知道妻子是不会跟那个陌生人私奔的，一开始他也很纳闷，但现在想通了。这是因为他——斯塔普，有一份稳定的工作，而那个人显然没有。因此，一旦她离开自己，那男人根本没法养活她。肯定是这么回事，还会有什么别的原因呢？她想二者兼得。

所以，这就是他的价值所在，不是吗？为妻子提供一个住房。既然如此，他就要掀开房顶，把它炸成碎片。

无论如何，他并不希望她私奔，因为那样的话，他内心里那个咆哮的魔鬼就得不到满足了，杀，杀，杀！魔鬼要除掉他们俩，只有这样才行。斯塔普想，如果他和妻子有个五岁大的孩子，他也会连孩子一起杀死，尽管那个年龄的孩子显然是无辜的。如果医生知道这是怎么回事，就会急忙给精神病院打电话。可惜的是，医生们并不会读心术，人们往往也不会将他们的心事广而告之。

最后的一小包是两天前带回家的。如今，那个盒子里装得满满的，足以把房子炸飞两回，足以震碎周围街坊的每扇窗户，不过附近没有什么窗户，因为他们住得十分偏僻。这一事实给他带来一种荒谬的道德感，好像他正在做一件善事，他只是炸毁自家的房子，而不会波及别人的家。电线已经装好了，可以产生火花的电池也装上了。现在唯一要做的只是最后再调整一下，一连接，然后就——

杀，杀，杀！体内的魔鬼幸灾乐祸地叫嚣着。

就是今天了！

他整个上午都在修一个闹钟，将其他的事抛诸脑后。尽管那是一个只值一个半美金的闹钟，他却视若珍宝，爱惜的程度远远超过了那些瑞士运动怀表，或者白金以及钻石腕表。拆开，清洗，上油，调校，再重新装好。他敢肯定闹钟绝没有可能再出现不工作、停摆卡壳，或者别的问题。自己开店，自己当老板，有一个好处就是没有人会对你发号施令或指手画脚。他的店里也没有学徒或帮手会发现他这一上午都在专心致志地修一个闹钟，更不会在之后去告诉别人了。

往常他都在下午五点下班回家。这位神秘的访客，这位闯入者，肯定在妻子等了不久就来了，在两点半或三点左右。一天下午，三点差一刻左右，天下起了毛毛雨，两个小时后，当他走到家门口时，发现门前的柏油路上还有一大块干的地方刚刚开始变潮，细雨还在下着。这就是他为何清楚地知道她与情人的幽会时间。

当然，如果他想捅破这层窗户纸的话，机会多的是。在过去六个星期里的任何一个下午，他都可以出乎意料地提前一个小时回来，抓他们一个现行。但他更倾向于狡诈而又凶残的报复方式，因为抓现行的话，他们可能会找一些借口来动摇他的意志，而他梦寐以求的事就没了理由。他太了解自己的妻子了，他内心深处害怕一旦给她机会，她就会找借口。是的，是害怕。他只想报仇，对摊牌不感兴趣，他只想让他们付出代价。这种细心滋养的怨恨让他从头到脚长满了病毒，仅此而已。如果没有那种怨恨，病毒可能会在体内再潜伏个五年，但迟早还是会爆发的。

他对妻子日复一日的活动了如指掌，所以对他来说，趁她不在的时候溜回家简直是轻而易举。她每天早晨打扫卫生，然后中午随便吃一点凑合一下，下午早早地出门买做晚饭的东西。家里有电话，但她从来不打电话订购东西；她常对他说，她喜欢当面挑要买的东西，不然那些商人们就会把乱七八糟的东西硬卖给你，价钱也由他们自己定。所以下午的一点到两点是他动手的好时机，而且事后也不会露出任何马脚。

中午十二点半的时候，他用普通的牛皮纸包好闹钟，夹在腋下，离开了店铺。他每天都是这个时候出去吃午饭。他今天会稍稍晚点回来，仅此而已。他仔细地锁好门，店里有许多需要修理和观察的名贵手表，当然没必要冒险。

跟往常晚上下班回家一样，他在转角处上了公交车。城市太大了，所以不必担心被公交车司机或乘客认出来，或是发生类似的事情。不管白天还是晚上，有成千上万的人坐公交车。当你付车费的时候，司机们甚至都不会抬头看你一眼。他们的手只要一碰到你给的硬币,就会熟练地反手找给你零钱。公交车上几乎空无一人,因为这个时候不大有人出门的。

  跟往常一样,他在离家三条街远的那个站下了车。当时买这个房子真不划算,除他外,没有人会受得了这儿。但现在也算得有所回报了,在这个点根本就不会有邻居从窗子里瞥见他走在回家的路上,事后也不会有人记得此事。他走过的头一条街,沿街的店铺上面是一排一层楼的打工房,其余的两条街空荡荡的,只有街道两旁的两块广告牌,上面画的快乐人群每天两次冲他笑着。这些人永远都是那么快乐,即使在今天,他们还是一如既往地傻笑着,向人们传递着欢乐。一个大汗淋漓的秃顶大胖子正准备大口地喝一种不含酒精的饮料:"享受这清凉时刻!"一个黑人洗衣妇一边晾衣服一边咧嘴笑着说:"不,太太,我只用一点双氧水。"一个农妇在电话旁回头,偷偷地笑着说:"还在聊他们新买的福特8呢!"两个小时之内,他们都将灰飞烟灭,可他们却一无所知,压根就没想着跑下来赶快逃走。

  "你们会后悔的。"他从底下走过时暗暗地说道,腋下夹着闹钟。

  但至关重要的是,在这光天化日之下走过三条"城市"街区而没有一个人看到,他现在做到了。他转入那条很短的水泥路,终于走到自己的房子前,拉开纱门,把钥匙插进木门的锁里,走进屋内。当然,她不在家,他就知道她不在家,不然他也不会像这样溜回来了。

他关上门走进屋子，里面蓝幽幽、灰蒙蒙的，每次走过明亮的大街之后走进家里都是这种感觉。百叶窗是绿色的，妻子出去时，总会把它们朝下放到四分之三的位置，等她回来的时候，家里会凉快一些。他什么都没干，连帽子都没取下来，除了将随身带回来的闹钟对好时间之外，他不会多做停留的。等再次穿过那三条街回到那个公交车站等车进城的时候，他肯定会感到毛骨悚然的。因为他知道，在家里那一片寂静中，有东西会一直滴答、滴答地响着，尽管几个小时之内还不会爆炸。

他径直朝着通往地下室的门走去。那是一扇结实的木门。他一走进去，就随手关上门，沿着砖砌的楼梯走进地下室。当然，冬天他不在家的时候，妻子偶尔会下来调一下燃油炉，但是一过了四月十五号，任何时候也就只有他会下来了。现在早过了四月十五号了。

妻子根本就不知道他去过地下室。趁她每天晚上在厨房洗碗时，他就会偷偷溜下来几分钟，等她洗完从厨房出来时，他已经回到楼上看报纸了。每次把带回来的小包东西放进那个盒子里花不了多长时间。接线花的时间多一些，有天晚上趁妻子出去看电影的时候，他终于把线接好了（她说是去看电影，却对看的影片含糊其词，他也没有过多地追究）。

通往地下室的楼梯上方有一个灯泡，但只有在晚上才用得上。因为在白天，光线从水平的窗缝中照进来，窗户外阳光洒满地面，窗户里光线照在天花板上。为了安全起见,窗户玻璃上罩着铁丝网,由于没人打理,玻璃上灰蒙蒙的,几乎是不透明的。

那个盒子——现在不再只是一个盒子,而是一台恶魔机器——正对着墙,靠在燃油炉的一边。现在电线已接好,电池也已装好,他再也不敢随意动它了。他走过去,蹲下来,深情地抚摸着它。他为它而感到骄傲,比他修理或组装过的任何一只名贵手表更加觉得骄傲。毕竟,手表是没有生机的,但是这台机器,几分钟后就会活起来,也许如魔鬼似的,但总归是有生机的,就像是生孩子一样。

他拿出闹钟,把从店里带来的几件必需的小工具摊在他旁边的地板上。两根细铜丝从盒子里穿过他挖好的小洞伸出来,做好了准备,就像某种虫子的触角,通过它们,死神将会降临。

他先给闹钟上了发条,因为电线一旦接好,再上发条就难保证安全了。他用熟练而又敏捷的手腕动作将发条上到最紧。他不愧是个钟表匠。在这静悄悄的地下室里,咯啦啦、咯啦啦的声音听起来很不吉利,这在家中通常意味着上床、平静、熟睡以及安心的声音,如今却意味着悄悄走近的毁灭。如果有人听到这声音的话,肯定会预感不祥的,但这里除他以外,别无他人。而对他而言,这并不是不祥之兆,相反,却是天籁之音。

他将闹钟定在三点。但此次的情况略有不同——当时针指向三、分针指向十二的时候,闹钟就不会发出无害的铃声,相反,连接电池的电线会迸出火花，一朵微弱的、转眼即逝的火花——仅此而已。但一旦出现火花，从这里一路到他的钟表店所在的市中心，所有的橱窗都会颤抖，也许还会有一两只精细的钟表器械停摆。街上的行人也会停下脚步，彼此询问："发生什么了？"

事后也许没人能肯定地说清楚当时房子里除了她自己外还有没有别人。人们只有在清理现场的过程中才会确切知道她是在房子里；当然，她也不可能会在别的什么地方。人们只能从地上的破洞和四周的断瓦残垣才能确认这里原来有一栋房子。

他想知道为什么没有更多的人像他这样做事，他们根本不清楚自己错过了什么。也许是因为他们不够聪明，没办法自己干好这一切，这就是其中的缘由。

他将闹钟跟自己的怀表对好时间——一点十五分，然后把闹钟后盖撬开。他在店里时已经在后盖上钻了一个小孔。他小心翼翼地将触角般的电线穿过小孔，更加仔细地把它们固定到钟表的必要零件上，他的手都没有抖一下。这是极度危险的事情，但他的双手没有让他失望，干这种事太熟练了。是否将后盖重新装上去无关紧要，不管后盖是开着还是关着，结果都是一样的，但他还是把它装了上去，出于一个工匠的本能，他觉得有必要这么做，这样才会有一种圆满的感觉。做好这一切后，他把闹钟放在地板上，随意地斜靠着一个看起来很普通的铜盖肥皂盒，它滴答、滴答地走着。从他下到地下室，已经过去了十分钟。还要等上一个小时四十分钟。

死神正悄然而至。

他站起来,低头看着自己的杰作,点点头。他往后退了一步,依然朝下看了看,然后又点点头,好像稍微转一点角度看,他的作品更完善了。他走到上楼的楼梯脚,又停下来,往下看看。他的视力很好。从现在的位置,他可以清晰地看见闹钟的分针刻度。刚刚又过去了一分钟。

他笑了笑,继续走上楼去,没有偷偷摸摸或胆战心惊的,一个人在自己家里就是这样,带着主人从容不迫的神色,昂首挺胸,步履稳健。

他在地下室里时没听见楼上有什么动静,他凭经验就知道,透过一层薄薄的地板,很容易听到声响。甚至连楼上开门关门的声音在地下室都能听到,如果有人在一楼房间里正常地走动,地下室当然也听得见脚步声。如果他们站在几个特定的点说话,由于某种音响效果,说话的声音甚至说话的内容都能被清晰地听见。他有好几次在地下室的时候,都清楚地听到楼上收音机里传出的洛威尔·托马斯的声音。

正因为如此,当他拉开地下室的门走进一楼大厅,突然听到二楼上某个地方有轻微的脚步声时,一下子惊慌失措起来。一下,又一下,不连贯的单脚落地声,就像鲁滨孙·克鲁索的脚印。他一时间惊呆了,用力地听楼上的动静,脑子里直打转——但愿是自己搞错了。但他没弄错。他隐约听到衣柜抽屉被拉开、关上的声音，接着又是一阵微弱的叮当声，像是什么东西轻轻碰到了弗兰梳妆台上的玻璃化妆品上。

除了她还会有谁呢？但是这些模模糊糊而又不连贯的声音鬼鬼祟祟的，听起来又不像是她。如果是她，他应该听见她进屋的声音；她的高跟鞋平常踩在硬木地板上啪啪地响，像小鞭炮一样。

某种第六感使他突然转过身来，朝身后的餐厅看去，正好看见一个人，半蹲着，双肩前缩，悄悄地朝他走过来。虽然他还在离餐厅门槛几码远的地方，但在斯塔普出于本能惊讶地张大嘴巴前，那个人就蹿了上来，用一只手凶猛地勒住他的脖子，狠狠地把他推到墙上，按倒在那里。

"你在我家干什么？"斯塔普挣扎着上气不接下气地叫道。

"嗨，比尔，有人在家！"那个人警惕地喊道，然后伸出另一只手，狠狠地朝斯塔普的头上打了一拳，差点将他打昏过去。幸亏身后有墙，他才没昏倒，但是头又从墙上猛地撞回来，一时间他觉得天旋地转。

他还未清醒过来，又有一个人从楼上的一个房间跑出来跳下楼梯，还在把一件东西塞进口袋里。

"你知道该怎么做，快一点！"第一个人命令道，"拿个东西把他绑起来，我们赶紧走！"

"看在上帝的分上，不要绑我！"斯塔普的喉咙被人掐得喘不过气来，好不容易才吐出这句话。其余的话都淹没在他的拼命挣扎中，他的双腿乱蹬，双手抓向自己的喉咙，希望能挣脱开。他并不是想打倒那个家伙，而只是想扯掉那个掐得他吐不出气的东西，让他有机会说话。但是揍他的那个家伙丝毫看不出他的意图，又狠狠地给了他第二拳、第三拳，斯塔普无力地靠着墙，所幸没有完全失去知觉。

另一个人回来了，手里拿着根绳子，好像是从厨房里拿的，是弗兰每周用一次的晾衣绳。斯塔普头晕眼花，脖子仍然被掐着，头无力地耷拉在那家伙的手臂上，隐隐约约地感觉到绳子在他身上绕了一圈又一圈，腿、身体和双臂，来来回回、十字交叉地捆着。

"不要——"他喘着气说。突然间，他的嘴巴差点被撕成两半，一大块手帕或是抹布塞了进来，他一下子再也无法发出任何声音了。为了不让嘴巴里的布掉出来，他们又用东西在外面绑了一道，最后在脑袋后面打了个结。当他恢复知觉时，一切都已经太晚了。

"还想动手，嗯？"其中一个家伙恶狠狠地嘀咕着，"他想护着啥呢？这里一根毛都没有。"

斯塔普感觉到一只手伸进了他的内衣口袋里，掏出了他的表。然后手又放进他的裤兜里，拿走了他身上的零钱。

"我们把他扔在哪？"

"就让他待在这儿吧。"

"那可不行。我上次进局子，就因为把一个家伙抛在露天里，过了一会儿警车就盯上了我,他们在下一条街把我抓住了。我们把他弄到下面去吧。"

这一下子让斯塔普又一阵发作,像是癫痫病发作了。他拼命地扭来扭去,一个劲地摇着头。他们一个抓头一个抓脚,把他抬起来,用脚踢开地下室的门,顺着楼梯把他抬到地下室。斯塔普还是没让这两个家伙弄明白,其实他不是在反抗,他也不会报警,甚至不会动一下手指头这样做——只要他们带自己一起从地下室出去就行了。

"这下差不多可以了,"他们将他放到地上,其中一个说道,"不管他家里有谁,都不会很快发现他的。"

斯塔普躺在地上开始发疯似的来回摇晃着头,先是朝着闹钟那个方向,然后转向他们,再转向闹钟,又转向他们。但是因为转得太快,看上去根本没有任何意义。哪怕一开始这种做法可能会引起他们的一丁点注意,当然,那样做根本一点用都没有。他们一直以为斯塔普只是猛烈挣扎着想脱开身而已。

"瞧他那样子!"其中一个家伙嘲笑道,"从没见过这号人!"他朝着扭成一团的斯塔普挥舞着胳膊,"再不歇火的话,就狠狠地揍你一顿,那就够你受的了!"

"把他绑到那边拐角的管子上去,"他的同伙建议道,"否则他会拼命地到处滚来滚去的。"他们抓着他往后拖,把他摆成坐着的姿势,双腿伸在前面,然后在地下室里又找到一卷绳子把他绑在管子上。

接下来,他们耀武扬威地擦擦手,一前一后沿着地下室楼梯朝楼上走去,刚才斗了这么长时间,都累得直喘气儿。"带上东西,闪人!"其中一个嘟囔着,"今天晚上我们还要做另一家——这次我来打掩护!"

"这地方太好了,"他的同伙说,"没人在家,房子孤零零的。"

斯塔普被堵着的嘴巴发出一丝丝奇怪的声音,像是茶壶里的水慢慢煮开的水汽泄漏时发出的叫声,又像是刚生下来就被扔在雨中等死的小猫发出的喵喵声。他拼命扯动着声带却只能发出这种细微的声音。他的眼睛瞪得像铜铃一样,恐惧而又乞求地盯着他们。

他们往上走的时候看见了那眼神,但不明白是什么意思。他可能是在费劲地挣脱束缚,可能是情绪激动,威胁要报复,他们只能看出这些来。

第一个家伙不以为然地穿过地下室的门,消失在斯塔普的视线里。第二个家伙上楼到半道时忽然又停住脚步,得意扬扬地回头看了他一眼——就像斯塔普本人几分钟之前回头看看他那杰作时的神情一模一样。

"别紧张,"他讥笑道,"伙计,放松一点。我以前可是水手,所以我打的结,你就别想挣脱开。"

斯塔普绝望地扭着脑壳,最后一次将目光投向那个闹钟,眼珠几乎要从眼眶里蹦出来,这一投用尽了全身的力气。

这次那个家伙终于看见了,但是却会错意了。他嘲弄般地朝他挥舞着手臂:"想告诉我你有约会?但是你并没有,你只是一厢情愿而已!你没必要知道现在是几点,因为你哪都去不了!"

接着如同漫长的噩梦一般——虽然只是感觉而已——因为那家伙又迅速地往楼上走去,他的头先出了门,接着是肩膀,然后是腰。现在,他俩之间就连目光的交流也中断了。哪怕再给斯塔普一分钟,他就会让那家伙明白自己的意思!而现在只能看见地下室最高一级楼梯上朝后抬起的一只脚,眼看着就要溜出去了。斯塔普的眼睛紧紧地盯着那只脚,仿佛眼睛中强烈的恳求能够将它拽回来一样。脚后跟抬起,接着举起来,尾随那个家伙,不见了。

斯塔普拼命地挣扎着,仿佛要仅凭所有的意志力去追赶它,他整个身体一下子弯成了一张弓,双肩和双脚都离开了地板。然后又砰的一声直挺挺地摔倒在地,身下扬起一片灰尘,一串串的汗珠同时从他脸上冒出来往下淌,互相交汇在一起。地下室的门弹回到了门框里,轻轻的咔嗒一声,插闩滑进了锁槽里,这在他听来,如同晴天霹雳一般。

此刻在一片寂静之中,他的喘息声如同潮水拍打着海岸,闹钟像是在合奏,滴答、滴答、滴答、滴答。

过了一小会儿,听到那两个家伙还在上面,斯塔普不免有一丝丝安慰。上面时不时传来偷偷摸摸的脚步声,每次最多不超过一声,因为他们的行动十分敏捷,肯定是破门入户的老手了。习惯成自然,他们走起路来小心谨慎,甚至在没有必要的时候也是这样。从靠近后门的某个地方,一个声音传了过来。"都搞定了吗?我们从这儿走。"铰链嘎吱一声,接着是可怕的关门声。是那扇后门,也许是弗兰忘了锁门,他们可能一开始就是从那里进来的,接着他们便消失了。

随着两人离去,斯塔普与外界的唯一联系也消失了。整座城里只有他们两个知道他此刻在哪里。除了他们,没有一个大活人知道哪儿能找到他。三点之前,如果没有人找到他,把他弄出去,天知道会发生什么!现在是一点三十五分。从他发现他们,到跟他们打斗,再到他们用绳子将他绑起来,到最后他们不慌不忙地离开,这一切只用了十五分钟。

闹钟滴答、滴答、滴答、滴答地走着,走得那么有节奏,走得那么无怨无悔,走得那么快。

还剩下一个小时二十五分钟,也就是八十五分钟。假如你站在一个拐角,撑着把伞,在雨中等人,你会发现时间是多么漫长啊!就像在结婚前,他有一次在弗兰工作的办公室外面等她,最后却发现她那天生病,很早就回去了。假如你躺在医院的病床上,脑袋如刀割般地疼,除了白花花的墙壁外什么也看不见,一直等到他们带来你的下一个托盘,你会发现时间是多么漫长!就像他有一次脑震荡住院那样。假如你看完了报纸,而收音机里的一只晶体管却烧坏了,上床睡觉又太早,你会发现时间是多么漫长啊!

而当你即将死去仅剩最后一点时间的时候，时间似乎又如此短暂，如飞似箭，转瞬即逝！

在他见过或修理过的几百只钟表中，没有哪一只走得像这只这么快。这是一个魔鬼闹钟，它的一刻钟就像一分钟，一分钟就像一秒钟。它的短针根本就没像往常一样在那些一格一格的刻度上停顿过，而是一直不停地走动着。这是赤裸裸的欺骗，这个闹钟不准，至少得有人把它调慢一点！它的秒针就像风车一样转得飞快。

滴答、滴答、滴答、滴答。他把它理解成："我走了，我走了，我走了。"

那两个家伙走后，四周长久地陷入了一片寂静之中。闹钟显示其实只过了二十一分钟。接着，到两点差四分钟的时候，楼上的一扇门毫无征兆地开了。啊，多么幸福的声音！啊，多么可爱的声音！这回是前门（地下室对面的楼上），高跟鞋在他头顶上"咔嗒咔嗒"地响，就像打快板一样。

"弗兰！"他大喊着。"弗兰！"他大吼着。"弗兰！"他尖叫着。但所有的声音通过被堵住的嘴巴后都变成了低沉的呜呜声，就连地下室的另一边也听不见。由于太用劲，他的脸都发黑了，颤抖的脖子两边青筋暴起，像夹板一样。

"哒、哒、哒"的脚步声进了厨房，停了一会儿（她正在放包，弗兰不会选择送货上门，因为那得给送货的小孩十美分的小费），然后又回来了。如果他那被交叉绑住的双脚能踢到什么东西，发出哐啷一声，那该多好啊。但地下室的地面上一无所有。他试着将被捆住的腿抬起来，再用尽力气摔下去，也许这撞击声会传到她的耳朵里。结果只有一种轻轻的像敲在垫子上的声音，他却感受到了像用空手掌拍打石头表面的双倍疼痛，而且声音还模糊一些。鞋子是橡胶底的，他无法抬高脚转过来，让鞋子的皮革部分先落地。他的腿肚子上突然传来一阵触电般的疼痛，像一枚发光的火箭，顺着脊椎骨往上跑，在他的后脑勺上炸开来。

接着，她的脚步声停在门厅壁橱那里（她肯定是在挂外套），然后走向通往楼上的楼梯，脚步声到楼梯上就听不到了，走上去了。虽然暂时听不到她的声音了，但她至少此刻和他一起在这屋子里！那种可怕的孤独感没有了。他对她近在身边感到无比感激，他感到如此爱她、需要她。他很纳闷为什么就在一个小时之前自己居然会想到要除掉她。现在他明白了，他一定是疯了，才会生出这样的念头。所幸的是，如果他曾经发疯的话，那么他现在正常了，清醒了，这番磨难使他恢复了理智。只要能放开他，只要把他从危难中救出去，他就再也不会……

过去五分钟了。她已回来九分钟，不，十分钟了。起初，因为妻子的归来，恐惧感暂时平息下来，但紧接着又开始慢慢地、越来越快地向他袭来。她为什么要这样一直待在二楼？为什么不到地下室里来，找点什么东西呢？难道地下室就没有她手头忽然需要的东西吗？他四下望望，这里空空如也。这里根本没有任何东西能吸引她下来。他们把地下室收拾得这么干净，空荡荡的。为什么就不像别人家那样把各种各样的杂物都堆在这儿呢？那样的话，现在他就有机会得救了。

她整个下午可能都会待在那儿！可能会躺下来眯一会儿觉，可能洗个头，也可能改件旧衣服。这些都是一个女人在丈夫不在家时经常做的一些无伤大雅的琐事，如今这些却将招致灭顶之灾！她可能在那儿一直磨蹭到要做晚饭的时候，如果真是那样的话，那将会没有晚饭了，也没有她和他了。

接着，他又松了一口气。那个人，那个他打算一起除掉的人，他会救他。他会是他的救星。斯塔普不在家的时候，那个人不都是下午过来吗？噢，上帝啊，那就让他今天过来吧，今天是他们约会的日子，或者把今天变成约会的日子——也许今天正好不是呢？因为一旦那个人过来，弗兰至少会下楼开门让他进家里来。两双耳朵总比一双耳朵容易偶尔听到他弄出来的声响，这样的话，他的机会就会大得多的多！

因此，作为一个丈夫，他发现自己此刻处于一种非常怪异的状态，他倾其所有的热情来祈祷、恳求着那个情敌的到来和现身，虽然一直到现在他只是怀疑，并不能确信有那个人存在。

两点十一分了。还剩四十九分钟。这点时间，连看完电影的上半部都不够；如果排队理发的话，连理个发的时间都不够；就连礼拜天坐下来吃顿午饭，或听完收音机里一档一小时的节目，或者是坐公交车去海滩游个泳的时间都不够。比干所有这些事的时间都短——而他只能活这么短时间。不，不，他打算再活三十年、四十年！那么多年、那么多月、那么多周发生什么了？不，连几十分钟都快没有了，这太不公平了！

"弗兰！"他尖叫着，"弗兰，下来，到这儿来！你听不见我说话吗？"塞在嘴里的抹布像海绵一样把他的声音都吸收了。

楼下门厅的电话突然尖叫起来，就隔在他和她之间。他以前从未听过如此美妙的声音。"感谢上帝！"他呜咽着，双眼满含泪水。这次一定是那个人，她一定会下楼开门的。

接着恐惧感又涌上心头。假如那个人打电话来只是要告诉她他不来了呢？或者，更糟的是，假如是约她出去在别的地方见面呢？这样一来，他又会是一个人被关在地下室，对面就是那可怕的滴答滴答的响声。此刻，一想到妻子要出去而将他一个人丢在这里，他比任何一个被父母关在没有灯的黑屋子里任由黑暗的魔鬼摆布的小孩更加感到害怕了。

电话又响了好一会儿。然后他听见她快速地下楼接电话。他在底下能清楚地听见她说的每一句话。房子都是用便宜的碎木板拼凑的。

"喂？是的，戴夫。我刚回来。"

她接着说道，"戴夫，我好难过啊。我楼上梳妆台抽屉里放的十七美元不见了,保罗给我的手表也不见了。别的都没少,但我觉得在我出去的时候,有人闯进来偷我们的东西了。"

斯塔普在下面高兴得几乎要打滚。她发现他们被偷了!她会报警!警察肯定会搜查整个房子,他们肯定会下来看到他!

正在跟她通话的那个人肯定问她是不是确定被偷了。"嗯,我再找找,但我确定钱和手表确实不见了,我确定就放在那儿,可是现在不在了。保罗会发火的。"

不,保罗不会发火的。只要她下到这儿来救他出去,不管她做了什么,他都会原谅的,就连他辛苦挣来的血汗钱被偷了这种重大的过失也会原谅的。

她接着说:"不,我还没报案。我想应该报案,但你知道,因为你的原因,我不想报案。我要打电话到店里,告诉保罗。也有可能他今天早上离开时,把钱和手表一起拿走了。我记得那天晚上跟他说过手表走慢了,他也许想检查一下。好,就这样,戴夫,那就过来吧。"

所以那个人要来了,斯塔普再也不会孤零零地关在这了。他如释重负地喘息着,热气从塞满嘴巴的湿布缝隙间冒出来。

她挂断电话后,屋里恢复了片刻的宁静。接着他听到她报出他店里的电话号码:"特里维廉4512。"她等着他们接通电话,当然没人接电话。

滴答、滴答、滴答、滴答。

接线员最后肯定会告诉她没人接电话。"好吧,那就继续打,"他听见她说,"那是我丈夫的店,平常这个时候他都在店里。"

他在一片可怕的寂静中尖叫道:"我就在你的脚下面!不要浪费时间了!看在上帝的分上,不要管电话了,赶紧下来!"

最后,当接线员再次说没人接电话时,她挂了电话。就连挂掉电话那空洞的声音都传到了他的耳朵里。天啊,他听得见所有的东西,可就是没人来救他。

他听见她的脚步离开了电话机那里。难道她猜不出他该在店里却不在不会是出了什么事吗?难道她现在不会下来看看吗?(天啊,人们常说的女人的直觉在哪呢?!)不,她怎么可能想得到呢?在她的脑子里,家里的地下室跟他不在店里两者之间可能会有什么联系呢?到目前为止,她根本不担心他不在店里。如果是在晚上就好了,可是在白天这个时候,他有可能比平时晚点出去吃午饭,或者是出去办事了。

他听见她上了楼,大概又去找那丢失的钱和手表了。他失望地呜咽起来。虽然她就待在楼上,就在他的头顶正上方,但是他与她之间如同隔断了几里路远。

滴答、滴答、滴答、滴答。现在已经是两点二十一分了。还剩下不到三十九分钟了。时间一刻不停地走着,就像是热带雨点毫不吝啬地敲打在锈铁皮屋顶上。

他一直在努力地想从把他绑得紧紧的管子上挣开,随后又筋疲力尽地倒下去，休息一会儿，接着再挣扎，再用力。他的动作反反复复，很有节奏感，就像闹钟本身滴答、滴答地走着一样，只是间隔时间更长一些。绳子怎么会绑得这么紧呢？他每倒下一次，力气就小一分，比上一次更奈何不得它们。因为他毕竟不是一捆麻绳，他是人，他薄薄的皮肤被一层一层地磨破，发出灼烧般的疼痛，最后流血了。

门铃突然响了起来。那个人来了。俩人通完电话后不到十分钟，他就到了家门口。斯塔普胸口不停地起伏着，又燃起了希望。现在他的机会又来了。比之前要多两倍，屋子里现在有两个人，而不是一个人。四只耳朵比两只耳朵听到他弄出的轻微声响的机会要大得多。他必须，必须想办法弄出声响。他祝福那个即将进家门的陌生人。谢谢上帝，派来了这个爱慕者或者不管是谁，谢谢上帝给他们安排的约会。如果他们需要的话，他会为他们祝福，他的所有身外之物都给他们。他愿意付出一切，一切，只要他们找到他，把他救出去。

她又一次快速地下楼，她的脚步急急忙忙地穿过门厅。她打开前门。"嗨，戴夫。"她说。他清晰地听见一个亲吻的声音，是那种大声的、毫不害臊的亲吻声，表明的是一种真诚而不是偷偷摸摸见不得人。

一个深沉而洪亮的男声问道："哎，东西找到了？"

"没有，我到处都找遍了，"他听见她说，"跟你通过电话后，我想打电话找保罗，但他出去吃午饭了。"

"嗯，你没动一下手指头，那十七块美元不可能自己跑走了。"

就为了十七美元，他们就站在那儿浪费他的生命——也是浪费他们自己的命，就为了那件小事，这两个蠢货！

"我想，他们会认为是我干的。"他听见那个人苦涩地说道。

"不要那样说，"她责备道，"到厨房来，我给你煮杯咖啡。"

她迈着轻快的脚步走在前面，他拖着沉重而迟缓的脚步跟在后面。接着是几把椅子被拉出的声音，然后那个人的脚步声完全消失了。她的脚步继续在火炉与桌子的轨迹间忙来忙去。

他们要干什么，难道要在那儿坐上半个小时吗？他就不能想办法让他们听见一点动静吗？他试着清清嗓子，咳一咳。嗓子疼得厉害，由于长时间用力，嗓子都破了。塞在嘴里的抹布把咳嗽堵住，变成了模糊不清的咕噜声。

三点差二十六分了。现在剩下的时间只能以分钟来计算了：甚至还不到半个小时。

她的脚步终于停下来了，一把椅子被稍稍挪了一下，她跟那个人一起坐在桌边。炉子和水槽周围铺着可以隔音的油毯布，但是房子中间放桌子的地方是普通的松木地板，所有声音都能听得一清二楚。

他听见她说："你不觉得我们应该把事情告诉保罗吗？"

那男人没有马上回答。也许他在舀糖，或者是在想她所说的话。

最后他问道:"保罗是个什么样的人?"

"保罗可不是个小心眼儿,"她说,"他很公正,心胸很宽阔。"

斯塔普尽管正处于极度痛苦之中,但他隐隐约约地意识到一件事情:那听起来一点不像她的口气。倒不是说她在说他的好话,而是她居然能这么心平气和、毫不偏袒地跟那个人讨论这样的话题。她一向都显得那么正派,有点儿装正经。而刚刚的举动表明她很老练,这完全出乎他的意料。

要把他们的秘密告诉保罗,那个人对此显得很犹豫不决,至少他没多说什么。她继续说下去,好像要劝说他。"戴夫,关于保罗,你没有什么可害怕的,我太了解他了。难道你还不明白吗?我们不能再这样继续下去了。我们最好去找他,把你的事说清楚,这总比被他发现要好。如果我们不解释的话,他很可能不知道会想到哪儿去了,闷在心里头,胡思乱想,怪罪我。我知道,那天晚上我帮你找了一个带家具的房间,骗他说去看电影了,那时候他就有些怀疑了。每天晚上他回家时,我都坐立不安、心烦意乱的,奇怪的是他到现在还没察觉到什么。我为什么这么心虚呢?就好像,就好像自己是个不忠的女人似的。"她尴尬地笑着,好像因为打了这么个比喻而向他道歉。

她说这话是什么意思?

"难道你压根儿没向他提起过我?"

"你是说一开始的时候?哦,我告诉过他,说你遇到一两件麻烦事，但是，我像个傻子一样，让他以为我跟你已经失去了联系，再也不知道你的下落了！"

哎呀，这说的不是她提到过的哥哥吗？

当这个念头在脑子里一冒出来的时候，跟她坐在一起的那个人就证明了确实如此。"妹妹，我知道你现在也很烦恼。你的婚姻很幸福，事事顺利。我本不应该给你带来不必要的麻烦。没人会为一个囚犯、一个逃犯哥哥而感到自豪……"

"戴夫，"他听见妻子说，即使是隔着地板，斯塔普都能听得出她认真的声音，他几乎能想象到妻子从桌子上伸出手，安慰地放在对方的手上面，"我什么都愿意为你做，你应该知道的。情况对你不利，仅此而已。你干了不该干的事，但后悔也没有用了。"

"我想我得回去服完刑。可是，弗兰，七年啊，一个人一生中能有几个七年啊！"

"可现在这个样子，你根本就没法正常生活。"

难道他们就这么一直谈论他该如何生活吗？三点差十九分了。一刻钟，加上四分钟！

"在你做任何事之前，我们朱夫城里找保罗，听听他怎么说。"一把椅子被往后拉了一下，发出吱拉一声，然后是另外一把。他又听见盘子哗啦啦的声音，好像它们都被堆在一起。"等我回来再收拾。"弗兰说道。

他们又要出去了吗？就剩几分钟了，他们要把他一个人丢在这里?

这时,他们的脚步移到了厅里,迟疑地停了一会儿。"我不想在光天化日之下让人看见你和我一起走在大街上,会惹上麻烦,你知道的。为什么不打个电话让他回来呢?"

对,对,斯塔普呜咽道,不要离开我!不要走!

"我不怕,"她勇敢地说,"我不想这个时候让他丢下手里的活,更何况在电话里也说不清。等一下,我去拿帽子!"她的脚步离他而去,很快又回到他身边。

斯塔普惊慌失措,他唯一能做的事就是拼命地用他的后脑勺猛撞那根绑住他的粗管子。

他眼冒金星。他肯定是撞到先前被那两个小偷毒打的伤口上了。太疼了,他知道自己不敢再试一下了。但他们一定听到了什么,某种沉闷的撞击声或震动声肯定顺着管子传了上去。因为他听见妻子停顿一下,问道:"什么声音?"

那个人比弗兰要迟钝得多,杀了他,他都不会发觉。"什么?我什么也没听见。"

她相信了他的话,接着走到大厅的壁橱前去拿外套。然后又折回来,穿过餐厅到了厨房。"等一下,我得去看看后门关紧了没有。虽然这只是亡羊补牢!"

她最后一次穿过屋子,传来开前门的声音,她走出门,那个人也走出门,门关上了,他们走了。门外空地上传来隐隐约约的汽车发动声。

如今他又一次一个人被丢在这自己创造的世界末日里，回想起来，与这次相比，上次好像是在天堂了，因为那时他还剩整整一个小时，他有充裕的时间。而现在，他只有十五分钟时间，只剩可怜兮兮的一刻钟。

挣扎是一点都没用了。他早就想到了。他即便是想挣扎，也是心有余而力不足了。他的手腕和脚踝都火辣辣地疼。

现在他发现了一个权宜之计，也是唯一的法子——他低垂着眼睛，假装指针比原来走得慢，这样总比老盯着它们要好，至少能缓解一些恐惧。但还是能听见滴答声。当然，每隔一段时间，他总要忍不住抬起头来看看，验证是否和自己计算的时间一样，这时候新的痛苦就会袭上心头，但是这样一来，心里总归能好受一点，自我安慰地说："从上次看时间到现在只过了半分钟。"然后他继续低垂着眼，一直坚持住，当他实在忍不住的时候，又会抬起眼睛看看他计算得对不对，已经过了两分钟。然后他就会变得歇斯底里，他祈求上帝，甚至祈求那早已去世的母亲来救他，泪水模糊了他的视线。接着，他又会重新振作一点，又一次地开始自欺欺人。"从上次看到现在只过了三十秒……现在大概过去了一分钟……"（但真的是这样吗？真的是这样吗？）就这样，慢慢地发展到又一个恐怖和极度崩溃的顶点。

然后突然之间，门铃响起来了。外面的世界又闯了进来，那个他已远离的世界，那个已经非常遥远而又虚无缥缈的世界，就好像他已经死了。

他起先对这铃声不抱什么希望。也许是上门推销的小贩，但那声音太咄咄逼人了，不像是小贩在按门铃。听那铃声，这人不是求人家让他进来，而是宣称他有权进来。门铃又响起来，不管是谁在按门铃，一定因为等了这么长时间而极不耐烦了。第三次按门铃，这次可真像是爆炸声，足足响了半分钟。那人的手指肯定是一直按着门铃不放。接着，铃声的鸣响终于停了，一个声音大喊起来："有人在家吗？煤气公司的！"斯塔普突然之间浑身发抖，急得几乎嘶叫起来。

从大清早到深夜，在整天的家务事中，只有这种到访，只有这种事，才可能有人到地下室来！煤气表就在那边墙上，在楼梯旁边，他一眼就能看见！而她的哥哥却偏偏在这个时候带她出去了！没人让那个人进来。

一双脚在水泥路上不耐烦地来回拖着。那个人一定是离开了走廊，去查看二楼的窗子。那人在屋前的水泥路上烦躁地走来走去，有那么一瞬间，斯塔普感觉到他真的看见那人模糊不清的双腿就站在靠近地面的脏兮兮的气窗旁（光线就是通过这里照进地下室的）。那个人要是蹲下来，通过气窗往里一望，就会发现有人被绑在那下面，他就成了救星了。剩下的事会多么简单啊！

他为什么不蹲下来？他为什么不蹲下来？但是很显然，那个人根本没有想到房子地下室里会有人，因为他按了三次门铃，都没有人应答。他干着急的裤腿消失在视线之外，气窗前一片空白。一滴口水从塞满斯塔普嘴巴的抹布里渗出来，划过他那默默颤动的下唇。

煤气抄表员又试着最后按了一次门铃，与其说是想着过了这么久总能进屋的期望，倒不如说是发泄一下吃了闭门羹的失望。他急促地按了好多次，像发电报一样，嘀嘀、嘀嘀、嘀嘀、嘀嘀、嘀嘀。然后他气急败坏地喊着，显然是冲着等在路边卡车里没露面的助手："有正事的时候家里总是没人！"他踩着水泥路飞快地离开了他们家。接着响起一辆轻型卡车开走的低沉的声音。

斯塔普一只脚已经进了地狱。这不是在比喻，而是实实在在的。他双手双腿从胳膊肘到膝盖都僵硬了，心跳好像也变慢了，就连呼吸都困难了。更多的口水泄出来流到下巴上，脑袋往前耷拉在胸口，一动不动。

滴答、滴答、滴答。闹钟声又让他清醒过来。这声音好像很仁慈，散发出咸味或者氨气的味道，而不是什么本来就恶毒的东西。

他注意到自己开始神志不清了。到目前为止，还不是很严重，但每隔一会儿，他总会产生奇怪的幻觉。有一瞬间，他以为自己的脸是钟盘，而他一直盯着的那个钟盘是他的脸。固定两根指针的中轴变成他的鼻子，靠近顶部的10和2变成他的眼睛，他长着红胡须，上面有头发，正上方的小圆铃铛就是帽子。"哎呀，我看上去怪怪的。"他迷迷糊糊地呜咽着。他用力地抽动着脸上的肌肉，好像试图让上面的两根指针停下来，让它们别再继续往前走而杀死对面的人，那个人一直机械地呼吸着：滴、答，滴、答。

然后他又打消了这奇怪的念头，他发现那只是另一种逃避现实的法子而已。既然他无法控制那闹钟，那就想办法将它变成别的东西。他有了另一个古怪的念头，他受的这番折磨是对自己的惩罚，因为他想折磨弗兰，把他牢牢捆住的不是毫无生命的绳子，而是某种积极的惩罚性的力量，如果他表现出忏悔，悔悟到一定程度，它自然就会释放自己。于是，他就一遍又一遍地在他那被堵住的喉咙里默默地哀求："对不起，我再也不敢了。就饶了我这一次吧，我已经受到教训了，再也不敢了。"

外面的世界又回来了。这回是电话铃。肯定是弗兰和她哥哥打来的，想看看他们不在家的时候他是否回来了。他们发现店门关着，肯定在店外等了一会儿，后来见他还没回来，不知是怎么回事。他们现在从那里的一个电话亭打电话回家，看看他是不是在此期间回家了。当发现没人接电话时，他们就会知道肯定是出事了。难道他们就不能回家看看他到底出了什么事？

可是，如果他不接电话，他们凭什么就一定认为他在家呢？他们怎么会想到他一直就在地下室？他们会在小店旁边转悠等他回来，随着时间流逝，等到弗兰真正等急了，他们也许会去报警。（但是那样的话，需要好几个小时，那有什么用呢？）除这里外，他们还会到处找他。当有人失踪的时候，人们到最后才会去那人的家里找。

电话终于停了，铃声断了好长时间以后，那最后的震动一直在死气沉沉的空气中萦绕，就像往死水池里扔进了一个小石子荡起层层涟漪，嗡嗡作响，直到完全消散，寂静又重新笼罩一切。

这会儿，她应该是从付费电话亭或者是别的什么打电话的地方出来了，走到一直等着她的哥哥的身旁汇报道："保罗也不在家。"紧接着仍很镇定地轻声补充道，"你说怪不怪？他究竟能去哪儿呢？"然后，他们会回到锁上门的店铺外面等着，自由自在又无忧无虑，丝毫没有感觉到危险。她时不时地会不耐烦地跺跺脚，一边跟戴夫闲聊着，一边朝大街上东张西望。

这样一直等到了三点钟，他们会像大街上的两个路人一样停下脚步，彼此问道："什么声音？"弗兰可能会加上一句，"听上去像是我们家那边传来的。"对于他的离世，他们充其量也就会说上这么一句话。

滴答、滴答、滴答。三点差九分钟。哦，九是个多可爱的数字啊。让九永存吧，不是八也不是七，永远都是九。就让时间静止不动，这样，尽管周围的世界都停下来、腐烂掉，但他还可以呼吸。可是，不，已经是八了，指针已经走过了两个黑色刻度之间的白色空档。哦，八是一个多么珍贵的数字啊，多么圆润，多么匀称。希望永远是八。

外面空地上传来一个女人尖声的训斥声："博比，你当心点，小心打破窗户！"虽然她站得有点远，但那响亮带命令的口气听得清清楚楚。

听到外面传来的女人的声音，斯塔普抬着头往上看，他看见一个模模糊糊的球一样的东西打在地下室的气窗上。那肯定是个网球，但有那么一瞬间，它在那块窗格的脏玻璃上显得黑黝黝的，像一颗小炮弹，它好像悬挂在那里，粘在了玻璃上，然后又弹回到了地上。如果那是普通的玻璃，说不定就被打碎了，但是有铁丝网罩着玻璃。

孩子走到气窗前捡球。是个年纪很小的孩子，斯塔普从窗格里能看见孩子的整个身体，只有孩子的头被遮住了。随后他弯下腰来捡球，孩子的头也进入了斯塔普的视线。满头短短的金色卷发。身体侧面对着斯塔普，低头看着球。这是斯塔普自从被丢在地下室后见到的第一张人脸。他看上去就像是一个天使，但是个心不在焉、无忧无虑的天使。

孩子朝前弯着腰，快扑到地上了。他看见了一块石头或是别的什么吸引他的东西，捡起来，看了看，仍然蹲着，然后漫不经心地随手把它往背后一扔，管它是什么东西。

那女人的声音这会儿越来越近了，她一定是在房子前面的人行道上逛着。"博比，别那样乱扔东西，会砸到人的！"

孩子只要把脑袋转过来，就正好能朝里面看，就可以看见斯塔普。玻璃还没脏到看不到人的程度。他开始用力地左右摇晃着脑袋,希望接连不断的动作会引起孩子的注意,吸引他的目光。就算斯塔普不这样做,孩子天生的好奇心也会促使他朝里看的。突然,孩子转过头来,透过气窗径直朝里看。透过孩子那双一片茫然的眼睛,他知道孩子起先什么也没看见。

他越来越快地摇晃着脑袋。孩子抬起一只笨笨的胖乎乎的小手擦出一小块干净地方,眯着眼睛朝里面看。现在孩子能看见他了,肯定能看见了!但孩子一时间还是没看见,肯定是因为这里比外面暗得多,光线也被挡住了。

女人厉声责备道:"博比,你在那儿干什么?"

接着,突然之间,孩子看见了他。孩子的眼球转了转,随后直接停在了他身上。兴趣替代了茫然。孩子是不怕生的,即使是一个大人被绑在地下室里也不足为奇——然而一切又都是奇怪的。每件事情都会产生奇迹,都值得评论,都需要解释。难道孩子不会跟妈妈说吗?他会说话吗?照他的年纪应该会说了。孩子的妈妈正在不停地跟他说:"博比,快离开那儿!"

"妈咪,看!"他高兴地说道。

斯塔普再也没法看清那孩子了,因为他的头摇得太快了。他现在头晕眼花,就像刚从旋转木马上下来一样。气窗和那个孩子在他眼前不停地转,一会儿转到最左边,一会儿转到最右边。难道那孩子就看不出来,难道就看不出自己摇头的意思是在求救吗？就算手腕上和脚踝上的绳子不足以说明这一点，塞在嘴上的抹布也说明不了什么，但他一定会明白，一个人那样地扭来扭去，一定是想有人来给他松绑啊。哦，天哪，他要是再大两岁就好了，顶多再大三岁！如今，一个八岁大的孩子应该就会明白并发出警告的。

"博比，还不快过来？我等着呢！"

只要他能吸引住孩子的注意力，让他不听妈妈的话而待在那儿一动不动，那她肯定会过来找孩子，气冲冲地想亲眼看看到底是什么迷住了孩子，她就会发现他了。

他拼命地向孩子翻白眼，眨眼睛，做斗鸡眼，样子十分滑稽。那孩子脸上终于浮现出小精灵般的笑容。他尽管年纪小，却已经看得懂那些有着或看似有身体缺陷的人很好笑。

突然，一只大人的手从气窗右上角伸下来，抓住孩子的手腕，把他的胳膊拉得看不见了。"妈咪，看！"孩子又说道，另一只手指着气窗，"有个怪人，绑起来了。"

大人根本不理会孩子的玩笑和想象，她的声音通情达理，回答顺理成章，心平气和道："那有什么好看的，妈咪可不能像你那样随便偷看别人家的屋子。"

孩子的手臂被拽直了，小脑袋消失在气窗上面。孩子转过身离他而去。有一会儿，他还能看见孩子双膝后面的凹陷处，接着，气窗玻璃上的影子慢慢模糊了，孩子不见了。只剩下孩子在玻璃上擦出的那一小块干净的地方在嘲笑着他所遭受的苦难。

求生的欲望是不可战胜的。他现在已经半死不活了，但很快他又开始从绝望的深渊里爬出来，一次比一次爬得慢，一次比一次用的时间长，像一只不屈不挠的虫子，虽然一次又一次地被埋进沙里，但每一次都想方设法地钻出来。

他的头终于从气窗那儿转向闹钟。那孩子在眼前时，他一直都没能看上一眼闹钟。而现在，令他惊恐的是，已经三点差三分钟了。那个打洞的小虫子是他的希望所在，如今又遭受新的重创，就像被一个躺在沙滩上游手好闲的懒汉残忍地抹杀了。

他已经毫无知觉，恐惧也好，希望也罢，什么都感觉不到了。他全身麻木，只有大脑还保持着一丝清醒。等时间一到，爆炸所能抹去的就只剩这些了。这就像借助麻醉药拔牙一样，现在只剩下这预感的神经在跳动着，它周围的所有组织都凝固了。所以，对于死亡而言，提前预知死亡本身就是一种麻醉剂。

现在哪怕是想给他解开绳子也都没有时间了，更不可能去阻止爆炸了。如果有人就在这一瞬间从楼梯上跑下来，手中拿着锋利的刀了割断他的绳了，那么他就能扑向闹钟，把时间往后调。而现在——现在就算那样也晚了，一切都为时已晚，只有等死了。

当分针慢慢地与第十二刻度融合到一起的时候，他的喉咙深处发出野兽般的响声。像一条狗啃着骨头发出的呜呜声，只是塞口物盖住了一大半的声音。他惊恐地皱起眼睛四周的肉，堆成一条条细缝——似乎紧闭的双眼能阻挡或削弱即将到来的可怕力量！内心深处有什么东西似乎顺着昏暗的长廊一路后退，远离铺天盖地的世界末日，但他没有时间也没有能力去弄清楚那是什么。他一直不知道内心深处还有这些便捷的逃生长廊，这些转弯处极具保护性，拉开了他与死亡的威胁之间的距离。哦，多么聪明的心灵建造师，哦，大慈大悲的蓝图设计师们，你们建造了如此有用的紧急出口！内心深处的这东西，这是他又不是他，向前冲去，冲向避难所，冲向安全地带，冲向那等待已久的光明、阳光与笑声。

钟盘上的指针停在了那里，笔挺的，垂直的，呈现一个绝对完美的直角，而仅剩下的几秒钟就这样一秒一秒地走过去了，没有了。现在指针不再那么直了，但他却毫无所知，他已经是个死人了。指针和第十二刻度之间又出现了白色的空隙，只是现在出现在第十二刻度的后方。三点过了一分钟。他从头到脚都在发抖——不是害怕，而是大笑起来。

当他们从他嘴巴里拽出那块湿漉漉的沾有血迹的抹布时，声音也出来了，好像是通过吸力或渗透作用，把那笑声释放出来了。

"别，先不要解开他身上的绳子！"穿白外套的那个人严厉地警告警察，"等他们先把紧身衣拿来，不然你们会忙得不可开交。"

弗兰双手捂住耳朵，满眼泪水，说道："你们能不能别让他这么笑了？我实在受不了了。他为什么一直笑个不停呢？"

"太太，他已经疯了。"实习医生耐心地解释道。

闹钟显示已经七点零五分了。"这个盒子里有什么?"警察问道,并随意地踢了一脚。盒子连着闹钟沿着墙壁轻轻地向前滑去。

"没什么,"妻子抽噎着回答道,斯塔普依然不停地大笑着,"只是一个空盒子。里面本来放了些肥料什么的,但我拿出来给花施肥了——我一直想在屋后种些花。"

谋杀突变
当断不断反受其乱

芝加哥的一个傍晚，布雷恩斯·唐利维准备去拜访他的朋友飞弟·威廉姆斯。为了这次见面，他还特意装扮了一番，身穿深蓝色束腰外套，头戴齐眉的圆顶礼帽，腋下夹了一把点38左轮手枪。这是一个寒风凛冽的晚上，如果没这三件行头，尤其是最后那件，他肯定会感冒的。

布雷恩斯和飞弟认识多年了。他们彼此有很多共同点，当然就成了好朋友。带上这支点38手枪只是出于习惯，而并非为了防身。飞弟这个名字，准确地来说，并不是他真正的名字。虽然总是很长一段时间都见不到他的人影，他会消失得无影无踪，但他的外号却不是因此而来的。他的外号来源于一种赌博游戏,一种掷骰子打发时间的低级游戏,在这种游戏中,"飞"意味着其中一个玩家跟着另一个玩家下一样大的赌注,也就是跟庄。

并不是说飞弟总是靠掷骰子赢钱,其实他有更多更好的挣钱路子。他是一个为别人提供不在场证明的半专业医生,为别人做担保、帮别人做局的人。虽然他通过熟练地安排时间、地点和环境获得相当高的报酬,但他依然算是个业余人士。红色的电话簿里没有他的联系方式,他也没有打任何小广告。飞弟必须了解你的情况,你随随便便地从大街上走进来,甩下预付金,就拿着用牛皮纸包好的假证词离开,这是行不通的。如果飞弟因为帮助人家洗脱被"误"告的罪名而频繁地出现在证人席上,法官事后会怀疑他的。

然而飞弟的成功率一直挺高,跟他做交易,就好像一开始就买好了豁免权。布雷恩斯·唐利维之所以这时候去找他,就是因为脑子里正筹划着一场谋杀。

如果有人说这是谋杀的话,布雷恩斯会愤愤不平的。对他而言,这只是"清账"而已。谋杀是对别人杀人而冠上的罪名,不是对他的。在他看来,那已经死在他手上的半打人当中,每个人都是罪有应得,他是替天行道。他并不是简单地为了杀人而杀人,更不是为了钱财,只因为他拥有一种非凡的记仇本领。

尽管他会毫不留情地抹去旧账,但他的性格中也有很多多愁善感的痕迹。只要啤酒喝多了,一首《慈母颂》就足以使他潸然泪下。

传说他曾在夜深人静之时，为了让被锁在肉铺里面的小猫逃出来，用石头砸碎了肉铺的窗户。环路区的低档酒吧比比皆是，他走进了一家稍好一点的叫作"绿洲"的小酒吧，上面的霓虹灯闪闪发光。这既不是夜总会也不是歌舞厅，是飞弟用来充当幌子的简陋的露天啤酒店。收音机里正播放着娱乐节目。酒保歪着头问道："来点什么？"

"我找你们老板，"布雷恩斯说道，"告诉他，唐利维找他。"酒保待在原地一动不动，弯下腰，像是要看看他在吧台底下放的存货。他的嘴巴无声地咕哝着，随后直起腰，从攥紧的拳头中伸出拇指，"一直往后走，"他说道，"看见那扇门了吗？"

布雷恩斯看了看，往门边走去。他刚到门口，门突然开了，飞弟站在门口迎接他。

"伙计，近来可好？"飞弟亲切地问道。

"我有事要找你商量。"布雷恩斯说道。

"好，"飞弟说道，"快进来吧。"他一只手热情地搂着布雷恩斯的肩膀，把他领进了门，又回头朝外面四处望了望，然后关上门。

进门后是一条很短的过道，连着飞弟那敞开门的办公室，过道两边各有一个电话亭。左边的那个电话亭上悬挂着一个标牌，上面写着"电话已坏"，布雷恩斯擦身而过时，不小心把它碰掉了。飞弟小心翼翼地捡起标牌，重新挂好，跟在后面走进去，随手关上办公室的门。

"怎么样？"飞弟问道，"我这新地方如何？挺不错的，对吧？"

布雷恩斯往四周看了看。飞弟的新办公桌上放着一支点38左轮手枪，枪膛打开着，旁边是一块脏兮兮的麂皮抹布和一小堆从枪里取出来的子弹。布雷恩斯一本正经地笑了笑，问道："没遇到什么麻烦吧？"

"我常这么干，喜欢摆弄这些玩意儿，擦干净。"飞弟解释道，"帮我打发时间，我常常一坐就是个把小时，整天无所事事的。有时我会把它们拿出来，检查检查，这让我想起以前的日子。"他坐下来，捡起子弹放在手心里，然后一颗一颗地装进手枪。"你有什么事？"他揣摩着任务问道。

布雷恩斯一屁股在他对面坐下来，"听着，明天晚上我有一笔小账要清，"他悄悄地说道，"你为我提供不在场证明，好吗？帮我安排好，要万无一失……"

"清账？"飞弟都没抬头看他一下，问道，"什么？又要杀人？"

"不行吗？我都一年半没动过手了。"布雷恩斯不以为然地反驳道。

"也许吧，但听别人说，你有一年都在牢里待着。为什么不收一会儿手，歇一歇呢？"

"我不是随便清账的，"布雷恩斯反驳道，"你该知道，就上回帮我的那次。我本来是借朋友的车想练车来着，因为撞了一个老太太，他们就把我抓起来了。"

飞弟咔的一声推上枪膛，放下枪。

"这倒是提醒了我，"飞弟一边说着，一边站起身往装在墙上的小保险箱走过去，"我想起来在辛辛那提帮你打掩护的那事，还有些东西在我这儿。"

"没问题。"布雷恩斯知道他的意思，轻轻地拍了拍里面的口袋，"我随身带着票子呢。"

飞弟显然相信他的话，他打开了那个嵌进墙上的小保险箱，拿出一堆乱七八糟的纸条，一张一张地仔细查看着。

"对，在这呢，"他说道，"一百五十美元，看上去像是一笔赌债。另外的一百五十美元，你头天晚上给我了，还记得吗？"他把剩下的纸条塞进保险箱里，拿着那张一百五十美元的纸条回到办公桌前——手一直没松开过。

布雷恩斯舔了舔大拇指，用劲地数着十元钞票。数完后，把那堆钱从桌子上推到飞弟的面前，"这些归你了。"

"要我帮你把这个撕了吗？"飞弟提议道，一只手将借条推过去，另一只手把钱捞起来。

"我自己会撕的。"布雷恩斯说。他看了看借条，折好，仔细地收起来。"你可以把它抛诸脑后了。"两个人都没有表现出丝毫的敌意。"现在，你看我刚才说的那事如何？"他接着说道，"明天晚上，你会帮我打掩护吗？"

飞弟又拿起点38手枪和擦枪布，继续擦了起来。

"你冒的风险太大了，布雷恩斯，"飞弟一边对着手枪哈气，一边嘀咕道，"一两次都还容易，但你现在动手太多了。要是我每次都帮你证明，就会置我于不利之地。辛辛那提那次，他们就已经起了疑心，随后的好几个星期一直来找我问话。"他继续爱惜地擦着手枪。"如果这次我答应你，可得要五百块，"他要让他的客户明白，"看不出一点儿蛛丝马迹，可是越来越难了。"

"五百！"布雷恩斯激动地叫起来，"你一定是疯了！要是有五百美元，我就会出去雇上半打的人，还用得上自己亲自动手？"

飞弟面无表情地朝门那边扭过头。"那你去好了，来找我干吗？"然而，布雷恩斯并没有起身准备离开。"你我都知道，"飞弟对他说道，"不论你雇了谁，只要一被带到警察局的黑屋子里，他就会把你给供出来。另外，"他狡猾地补充道，"你一直追求的不就是亲自动手那种快感吗？"

布雷恩斯使劲地点点头。"你说得没错。谁他妈的喜欢雇别人通过远程控制来清账？当刻着他们自己名字的子弹从枪口射出来的时候，我就喜欢看他们的眼睛。我还喜欢看见他们倒下去，挣扎着，最后慢慢地死去……"他点了点手头剩下的钱。"先给你一百，"他说，"我只剩这些了。剩下的那四百，我保证等风头一过就给你。毕竟也不指望事成之前就全部付清，也没有人这样做生意。"

他把钱悄悄地塞进飞弟垂下的手掌里。"你意下如何？"他催促着,"这对你来说是小菜一碟,信手拈来——哪怕你一只手绑在背后,一只手都可以帮我弄好。"布雷恩斯拍马屁的水平可是专业的。"本来上周在加利我就可以干掉他,但是我收手了。没有你罩着我,我可不敢轻举妄动。"

飞弟放下擦枪布,用拇指来回掂了掂那叠钞票,最后将它们拢到桌边,表示成交。

"说一说你的想法,"他粗声粗气地说道,"你可要保证这是这段时间最后一次了,行吗?我可不是魔术大师。"

布雷恩斯急切地往前移了移椅子。"那家伙该死,他糟蹋了我心爱的小妞。你不用知道那家伙是谁,我也不会告诉你的。一周前我就跟踪他,从加利那里开始一直跟踪他,正如我所说的,我一直密切地监视着他。妙就妙在,他根本就不知道自己大祸临头了。"他握紧双手,往地上吐了口痰,搓搓手,两眼放光。"他住在北边的老鼠洞里,他这种人就适合那环境。他是在作死。这周开始,我就一直在画示意图,他住的地方如今我已烂熟于胸了。"他拿出铅笔和纸,开始勾画起来。飞弟饶有兴致地探过身,提醒道:"小点声。"

"那家伙住的地方一共有七层,他的房间在顶楼。现在,我都不需要进出他的房间,也不需要经过别人就能逮到他,看到了吗?从他房间的窗户往外看,是一个通风井,嵌在墙里面。那里啥都没有,就连逃生梯也没有,顺着通风井只有一个上下连通的排水管。

通风井对面是一栋六层楼的出租公寓,就在旅馆旁边。那真是个破地方,就连天台的门都不锁,任何人都可以从大街上径直地走上楼去。我整个星期都待在那上面,趴在楼顶上监视着他的房间。我在那里藏了块木板,等到用的时候可以踩着过去。他不在家的时候,我试着将木板搭在他房间的窗台上,看看够不够长,结果还绰绰有余。他的房间在七楼,而公寓一共只有六层高,所以楼顶比他的窗户高不了几十厘米。虽然木板有点倾斜,但根本不影响从上面往返……"他得意扬扬地摊开双手,"动手之前,我会拿一个爱达荷大土豆套在枪口上,这样一来,就连隔壁房间都听不到动静,更别说街上的人了!"

飞弟若有所思地挖着鼻孔。"凡事有利也有弊,"他提议道,"当心那块木板,别忘了那次在霍普韦尔发生的事。"

"放心,我都没带进屋里,"布雷恩斯得意地说道,"只剩半截了,卡在后院的栅栏上,我给拽下来了。"

"万一他看见你从木板上过去,他不得吓得跑出去吗?"

"我趁他不在家时溜进去,他回来的时候,我会躲在衣柜里。他每次出去时都会打开窗户让房间通通风。"

"那他那一栋楼上楼下的窗户呢?在你穿过去的时候,万一刚好有人瞄见你呢?"

"公寓的那面墙上没有窗户,只有靠旅馆的一边,每层有一扇窗户对着通风井,都在他窗户的正下方。从前天开始,他楼下的那个房间也空了，没人能看见。我觉得五楼以下，没人能在夜色中看清那块木板。木板是深绿色的，更何况天一黑根本不会有人去通风井附近了。这就是我的想法，了不起是吧。现在说说你的想法，怎样才能证明我虽然干了但却不在现场呢？"

"你需要多长时间？"飞弟问道。

"从我进去让他冰冷地躺在地上到回来，只要三十分钟。"布雷恩斯回答说。

"我给你一个小时，从这儿出发再回到这儿来，"飞弟敲了一下桌子，"把这张借条签了吧。你可得仔细点，万一出了什么岔子，只能怪你自己。"

布雷恩斯看了看飞弟已经填好数字的借条，就像他俩上次做过的这种交易一样，把它伪装成一桩单纯的赌债，并没有任何法律价值。当然，也没有这个必要。布雷恩斯深知，虽然这些字据是随意而立的，但一旦赖账的话，自己会受到怎样的惩罚。尽管这借条没有时间限制，但是最终飞弟总是能把这些钱收回来，比起那些完全依靠精心设计的法律条款来讨回债务的债主来说，他会更有把握一些。

布雷恩斯张着嘴巴，费劲而潦草地在底下签上自己的名字——布雷恩斯·唐利维，把借条还给了飞弟。飞弟将借据连同那一百美元现金一同放进保险箱里，关上门却没有将它锁上。

"现在跟我出去一下，"飞弟说道，"我给你看样东西。"

飞弟走到两个电话亭之间的过道说道,"听着,一定要记住我说的话,不然你的五百美元可就打水漂了。出入我的办公室只有一条路,就是你刚进来的那个前门。没有窗户,绝无其他的路。你一旦进来了,那么你就一直是待在这的,除非外面有人看见你出去了,"他用胳膊肘捣了一下布雷恩斯的腰,"这里就是你如何出去清完账又回来的办法。"

飞弟取下"电话已坏"的牌子,夹在腋下,推开电话亭的玻璃推门。"进去吧,"他邀请道,"就像你要给别人打电话一样——然后使劲推后面的墙。"

布雷恩斯照做了——差点掉出去摔了个头朝地,那堵墙就像是装上铰链的门一样。他迅速朝四周打量了一下,发现他是在一个昏暗的车库后面。离他最近的灯泡有几码远。门朝外的那面刷成了白色,跟墙壁的石膏融为一体,一辆没轮子的破车像一道屏障刚好挡住这个特殊的出口。

布雷恩斯回到电话亭里,身后的门关上了。他走出电话亭,飞弟关上门,把那牌子挂回去。

"这车库是我的,"他说道,"同样地,不要让外面的那个家伙看见你进出,他对这里一无所知,里边的这个酒保都不知情,这个假电话亭是我亲手做的。"

"回到这里,从外面同样开门吗?"布雷恩斯想知道。

"不是,你出去时,在门底下塞一个纸板当作楔子,就像鞋拔子一样,"飞弟告诉他,"但是纸楔子不要太宽了,不能让光线照进来。那么,你打算什么时候来这儿?"

"十点,"布雷恩斯说,"他每天晚上都是同样的时间回家,十点半左右。"

"好,"飞弟很干脆地说道,"你从前门来找我,像今晚一样。我出去,咱俩彼此拍拍后背,一起喝几杯。然后我们溜达到这里来,玩一玩双手换牌游戏。我再叫人送点酒过来,酒保拿酒进来,看见我们两个都在,穿着衬衫。我们彼此大声嚷嚷,让这儿所有的人都能听见我们——我会确保收音机没开着。然后,我们安静一下,这时候就该你溜出去了。我时不时就大叫几声,就好像你还在这儿跟我在一起。等你回来后,我们再一块儿逛出去,我会送你到门口。你赢了好多,知道吧,为了证明这点,在你离开前,你请酒吧里所有的人喝一杯——就凭这一点,大家就会记住你,不用担心,这就是我为你布的局。"

布雷恩斯羡慕地看着他。"伙计,"他说,"你这样动动嘴巴就值五百美元了!"

"去你的吧,"飞弟伤心地说道,"我这样做根本赚不了几个钱,你都看不上眼——我光是装一个假电话亭就花了近一百五十块。"

他又在桌前坐下,拿起那支点38和破布,继续干起自己心爱的活儿。"还有一件事,如果你乘车回来,要绕道走,多换几辆出租车。别让人家有机会一路追踪到车库来。我跟你说过了,这车库在我的名下。"他从枪口望到枪把,对着弹道哈着气。

"你当心点,已经上子弹了,"布雷恩斯迅速地警告他,"你这样瞎捣鼓,总有一天会轰掉你的脑袋。好吧,我要回家了,美美地睡上一晚,明晚就可以好好享受一番。"他的手举到眉宇间行了个礼,走了。

"收音机怎么啦,没坏吧?"第二天晚上,当布雷恩斯走进酒吧时,一个泡酒吧的常客问道。尽管镜子前排起了两行长队,但"绿洲"四周是一片不同往常的安静。

"该送到修理店去了。"酒保粗鲁地回答说。他一看见布雷恩斯进来,没等吩咐就朝吧台下俯下身去,嘴巴凑到传话筒边。传话筒是飞弟装的,连接酒吧和他的办公室。后门打开了,飞弟走了出来,热情友好地跟布雷恩斯打招呼。所有人都转过头看着他俩。

飞弟和布雷恩斯互相把自己的手臂搭在对方的肩上,两人在吧台前找了个位子。

"给我的好兄弟唐利维拿酒。"飞弟吩咐道。布雷恩斯想要给钱。"不,这是在我家。"飞弟拒绝道。

他们扯着嗓子大声聊了几分钟,酒保把一对骰子扔在他们面前。他们起劲地掷了一会儿,眼睛观察着每一个动作。最后飞弟不耐烦地扔掉骰子。

"你可挑起了我的兴致,"他大声说道,"我有个比这更好的办法扳回来!跟我到办公室来,咱们玩几局扑克牌。"门在他们身后关上了。

"他们一定会在里面玩个通宵。"酒保说道,似乎看穿了他们。

身后的门一关上,他们费力装出的热乎劲儿马上就消失了。他们在残酷的寂静中开始干活。飞弟撕去一副新牌上面的标签,将牌摊在桌子上。他脱掉上衣和背心,把它们挂在晾衣架上;布雷恩斯也脱掉了,露出腋下的手枪套。他们每人随机抓了五张牌,在桌子两边相对而坐。

"丁勾。"飞弟轻轻地拍拍桌子,小声说道。布雷恩斯掏出一大把零钱和一元的钞票,扔在他们中间。两人都悠闲地看着手里的牌。

"快出牌吧,"飞弟大声说道,"酒保马上就要端酒进来了。"第二扇门,也就是办公室和电话亭之间的那扇门一直敞开着。布雷恩斯快速地亮出两张牌,伸手再抓起两张。外面的门突然开了,酒保端着托盘进来了,托盘上有两个玻璃杯和一瓶酒。酒保进来时没有关门,有好几分钟,他们可以清清楚楚地看见酒吧里的所有人。酒保放下酒瓶和酒杯,然后停在老板身后看起牌来,嘴里念念有词。他的眼睛突然瞪得像铜铃那么大:飞弟手中拿着一副同花顺,真的这么巧让他撞上了。

"滚出去,"飞弟粗鲁地骂道,"不要再进来了,我要专心打牌。"

酒保端着空托盘就出去了,随手关上外面的门,回到酒吧里跟客人们说,他老板手气太好了。

飞弟立即转过手让布雷恩斯看清他手中的牌。

"大声叫起来,"他吩咐道,"你可以动身了。别忘了在电话亭下面塞纸板,不然你可就进不来了。"

布雷恩斯急忙穿上背心、上衣和外套,系紧扣子。他朝桌子上狠狠地捶了一拳,把桌子都快砸碎了,接着又大声骂了一句脏话。飞弟跟他对骂起来,但两人却木呆呆地没有一点表情。

"我会时不时就嚷嚷几声,就像你还在这儿跟我在一起。"飞弟保证道。

布雷恩斯一口喝完杯中酒,紧握双手,然后冲着飞弟挥挥手,推开电话亭的门——上面挂着"电话已坏"的牌子,然后挤了进去。他关上门,撕开火柴盒的外壳,折叠起来,然后推开另一边的铰链门溜出去。卡在底下的那个楔子把门撑开一条缝,刚好能伸进去一个指甲。

车库后面黑漆漆的。他沿着那辆废弃的汽车往前挤过去,眼睛一直盯着前面。酒吧那个唯一的门童正站在前门口与一个刚停下车的客人说话。

布雷恩斯轻轻地朝他们的方向跑过去,但紧紧地贴着墙,一长排停好的车子挡在墙前面,他费劲地弯下腰,从一辆接一辆车中间的空隙挤过去。有辆车靠墙靠得太近了,他不得不像个猴子一样翻过那辆车的后保险杠,再穿过去。终于他跑到一排车的最后一辆了,但离车库的大门还有十五到二十码远。距离前面空旷的大街还有一大片弥漫着汽油味的空地。他偷偷地躲在原地，就藏在最后一辆汽车的影子里。大约过了一分多钟，刚刚跟酒保说话的那位客人走了，门童钻进车里，开着车经过布雷恩斯藏身的地方，朝车库后面开去。这可是绝佳的机会，此时跑出去根本没人会看到，这比他预想的还要好。他站起身，飞快地跑过那片水泥空地，在车库入口处消失了，然后不慌不忙地朝街上走去。

到第二个拐角的时候，布雷恩斯上了一辆出租车，半路上又下了车。他走进了一家商店，询问了钢笔的价格，从店里出来后，又打了另一辆车。这回在离他要去的地方有两条街远的一个直角处下了车。出租车开走了，他沿拐角另一个方向走去。他直接往那栋破烂不堪的公寓走去，就好像住在里面一样。他没有左顾右盼，直接走了进去，没有犯那种第一次走过了公寓又再折回来的错误。

门廊前没有一个人看见他经过。他推开没有上锁的大门，就像任何一个疲惫不堪的人回家一样，拖着沉重的步伐慢慢地走上楼去。今晚一切都在掌控之中，虽然这里闹哄哄的，但一直上到六楼，他都没碰到一个人。

有人出来下楼了，但他已经在上面的二楼了。到楼顶时，他踩上软踏板，加快了脚步。天台的门从里面关上了，不会再发出咯吱咯吱的声音，因为他在两晚前亲自给铰链上了油。置身于一片黑暗之中，他小心翼翼地关上身后的门，轻轻地走在碎石柏油上。木板还在他放的老地方，就在他要用的一边，即使白天有人瞧见了，也不会想到它跟通风井对面的旅馆窗户有什么联系。他把木板拿过来放在地上，然后自己趴在上面，从边缘处往外看了看。

他扬起嘴角奸笑了一下。窗户后的房间黑漆漆的，主人还没回来。窗户下的叶片从底部向上升了一尺高透气，跟他向飞弟描述的情形一模一样！下面的窗户是锁上的，旅馆从昨晚到现在还没把那个房间租出去，就连下面的第二层第三层都是黑的，三楼以上都没有灯光。从这么高的地方看过去，窗子只有邮票那么大。整个布局都很完美。

他由跪着的姿势站起来，沿着低矮的灰色墙顶把木板拖了过来，对准那扇窗户开始慢慢地搭过去。他用一只脚用力地压着，防止木板因承受不住自己的重量在半空中掉下去。木板穿过窗台，并没有碰到它，只是将窗户后的窗帘掀起来了。他慢慢地细心地将木板放下去，桥搭好了。他检查了一下，确信木板搭在墙顶往回伸的长度足够，以防他一上去木板就滑下去了。他松开木板，擦了擦手，站了起来，然后从搭在墙顶的这头踩了上去，小心翼翼地保持着平衡。

他倒不担心自己的重量会把木板压断，因为事先他一个人在屋顶上试过很多次。他弯下腰，双手抓住木板的两侧，准备爬过去。距离不算太远，他的眼睛没有往下看，而是牢牢地盯着前方的窗户。木板稍微有点斜，但不足以影响他。他尽可能地将身体重心保持在中间，这样木板就不会歪掉。实际上，一切都在他的掌握之中——

万无一失。当鼻尖感到冰凉时,他才发现窗户的玻璃已近在眼前。他用手抓住窗户底部,把窗户推上去,然后钻进房间里。就这么简单!

他进屋做的第一件事就是将窗户关上一点,保持和没进屋之前一样的状态。他把木板往后推了推,放在适当的位置,这样一来木板把窗帘顶出来的凹陷就不会那么引人注目了。他都不用开灯,因为他在对面屋顶的时候就已经记住了房间里每件家具的位置摆放。他打开衣柜门,把衣架上的衣服往一边推了推,好为自己腾出地方。然后,他从腋下掏出那支点38,走到房门口,站在那里听听动静。外面什么声音也没有。他的手伸进大衣口袋里,掏出一个老大的生土豆,上面已经仔细地钻了一个小洞。他把土豆套在枪口上当作消音器,土豆套得紧紧的,不会掉下来。然后,黑暗中他在椅子上坐了一会儿,手里握着枪,望着门口。

大约过了十五分钟,远处的电梯门砰的一声开了。他马上站了起来,退回到衣柜里,关上面前的门,但留了一条缝,有一线能见度,足够一只眼睛看过去。他又扬起一边嘴角狡黠地笑了笑。钥匙在房门上转动。门开了,过道的灯光衬托出一个黑色的身影。接着门又关上了,房间里的灯亮了起来。

刹那间,那人转过脸来,正好对着衣柜的门缝,布雷恩斯点点头,没错,就是这个家伙,这就是他的房间。最后一点会打乱计划的可能性都没了——他是独自一人回家的。

接着那张脸从他的视线中消失。钥匙当啷一声扔在写字桌的玻璃桌面上,黑色外套的一条边落在白色的床上。咔嗒一声,一个小的收音机开了,发出轻轻的嗡嗡声。那家伙大声地打了个哈欠,四周转了转,消失在视线中。布雷恩斯就站在衣柜里等着,手中握着枪。

事情发生得太快了,就像照相机快门的闪光灯一样。衣柜的门一下子突然大开了,他们两人面面相觑,都快贴在一起了,距离不超过六英寸。那家伙的一只手还抓着门把手,另一只手拿着外套准备挂起来。他一下子扔掉了外套。布雷恩斯都不用抬起枪,位置刚刚好。那家伙的一张脸由粉红到惨白到灰色,像果冻一样快从脑壳掉下来了。他为了防止摔倒,慢慢地往后退了一步。布雷恩斯跟着他慢慢地向外跨了一步,瞧都没瞧一眼就把那家伙的外套一脚踢开。

"喂,希契,"他轻声地说道,"我告诉你,最先射出的三颗子弹上有你的名字。乖乖地闭上眼睛吧。"

希契没闭上眼睛,反而瞪得又大又圆,活像煮了好长时间后剥了壳的鸡蛋。他的嘴巴和舌头哆嗦了整整一分钟,什么也没说出来,最后终于蹦出三个字:"为什么?"

完全是因为离得这么近,布雷恩斯才能听清他说的话。

"我给你一些提示的时候,你要不停地慢慢地转圈。"他说,"双爪张开,像狗在乞求骨头吃一样。"

当受害人像是从马背上掉下来一样在原地踉踉跄跄地转着圈,手垂落下来,布雷恩斯熟练地在他身上容易藏东西的地方拍了拍,看看他是不是真的没带武器。

"行了,"他默许道,"这是你要做的最后一项运动。"

那个人没再转圈了,他的双膝微微弯曲地站着,像是有一根绳子吊着他一样。

那个玩具收音机终于预热完,嗡嗡声消失了,房间里响起微弱而又模糊的第三个声音。布雷恩斯往声音传来的方向迅速地瞟了一眼,随后又盯着眼前这张苍白的脸。

"我六个月前就出狱了,"他咆哮着,"我出来第一件事就是,找到去年跟我在一起的那个小妞儿,大家都叫她戈尔迪,你以前看见过我跟她在一起,还记得吗?"

希契的眼睛像铅弹一样开始转起来。

"我到处都找不到戈尔迪,"布雷恩斯接着说,"于是我四处打听,你知道我打听到什么吗?他们告诉我有个叫希契的卑鄙小人,还声称是我的朋友,趁我不在的时候插上一脚,把戈尔迪拐跑了。现在给我说清楚吧,"他稍微动了动枪。"我不是个缺乏理智到处惹麻烦的人。那个女人对我来说已经没有意义了,即使我现在可以得到她,我也不想要了——但是没有人在我背后捅刀子,还能侥幸逃脱。不管是为了做生意,还是为了女人,或者仅仅是说了几句我不爱听的话,任何人只要挤对了我,我都要找他算清账。"

布雷恩斯那只扣着扳机的手指开始往后弯曲，指关节上的皱纹平展开来。希契紧紧地盯着手指上的皱纹，瞳孔像是被放大镜放大了一样。"我连说句话的权利都没有吗？"他声音沙哑地问道。

"那样对你也没什么好处，"布雷恩斯答应着，"不过你说吧，我倒要听听你怎么圆这个谎——结果都一样，这个土豆已经为你准备好了。"

希契开始浑身发抖，他急着要在最短的时间里使出浑身解数说出最多的话来。"我不会说谎，现在在你手上，说谎有什么用呢？当时她都快饿死了，"他哭诉着，"你留给她的现金早就没了，"虽然被吓得心惊胆战，但他的眼睛还不忘推测布雷恩斯对他所说的话的反应。"我知道你给她留了不少钱，但是——但有人把钱偷走了，她被洗劫一空，"他纠正道，"她来找我，她连一顿饭都吃不上，也没有地方住。我——我是看在你是我朋友的分上，才开始照顾她的。"

布雷恩斯嗤之以鼻。希契大汗淋漓。收音机里此时传来细腻而又哀怨的音乐声。布雷恩斯又往那边看去，目光在那里停留了一分钟，随即又收了回来。

"如果是你，你不也会为任何人这么做吗？"希契恳求道，"你自己不也会这样做吗？后来情不自禁地，我猜我们是互相爱上了。"

布雷恩斯一动不动，连眼睛都没眨一下，但枪口已经往下移了一点，此时正指着希契的大腿，而不是胸口，可能是由于那土豆太重。希契的脑袋也跟着枪口往下移，眼睛紧盯着枪口，他像是在忏悔地低头盯着地板。

"我们知道我们错了，也谈了很多次。我们都说你是好人……"他的脸上恢复了一点血色，还是很苍白，但已经不再发灰了。他不停地咽口水，可能是因为太激动了，或者是为了润滑嗓子。"最后我们屈服了……实在是没办法……我们结婚了……"他微微抽泣着，嗓音也变粗了。

布雷恩斯第一次露出惊讶的表情，嘴巴微微地张着，一动不动。希契望着旅馆地毯的花纹，似乎在那里找到了灵感。

"不仅如此，而且……而且戈尔迪现在有了孩子。我们有个小孩……"他可怜地抬起头来，"孩子跟你姓……"枪口现在向下指向地板。听到这里，布雷恩斯的鼻孔和嘴巴张得更大了，下巴软了下来。

"等等，抽屉里正好有她的一封信……你不妨亲自看一看。打开抽屉吧。"希契邀请道，"我就站在墙边不动，不然你会以为我是想拿棍子。"

布雷恩斯从他身边走过去，拉开抽屉，往里面看了看。

"你拿出来，"他迟疑地说道，"如果真有的话，就拿给我看看。"

希契的手无意地碰到了收音机，音量大起来了。"一首非常适合黄昏时听的歌。"收音机里放出不太清楚的声音。他急忙在抽屉里翻来翻去，拿出一个信封，急忙把它撕开。

他打开信,递给布雷恩斯,让他看看信上的签名。"看见了吗?是她写的——'戈尔迪'。"

"给我看看关于孩子的一段!"布雷恩斯粗声地说道。

希契把信翻过来,用手指着第一页的最后一段。"在这儿,看看吧,我帮你拿着信。"布雷恩斯视力很好,不用走近便可以看清。白纸黑字地写着:"我在细心地照料着你的宝贝。每次一看到他我就会想起你……"

信从希契的手中掉了下来,他的下巴也颤抖起来。"现在可以动手了。伙计,照你说的办吧。"他叹了口气。

布雷恩斯迟疑地皱着狭长的眉头。他一会儿看看收音机,一会儿看看地板上的信,又看看收音机。"黄昏仍然属于我们。"收音机里传来痴迷的声音,"接下来的爱是一支甜蜜的老歌——"他眨了好几次眼睛,虽然眼眶里并没有泪水,但总有一种恍惚的黏糊糊的感觉。希契此时特别安静,连大气都不敢喘一下。

砰的一声,土豆从枪口掉到地板上,摔碎了。布雷恩斯费力地清醒起来。"你说那孩子是跟我姓?"他说道,"那他叫希契柯克·唐利维?"

希契忧郁地点了点头。

布雷恩斯深深地吸了口气。"我不知道,"他犹豫不决地说着,"或许我不该放了你,也许真的不应该……我以前从不改主意的。"他厌恶地看了希契一眼。"不管怎么说,你现在让我动摇了……"

他把枪收回来放在腋下，拿起放在写字桌上的房门钥匙。"出去，在门外面等着，"他粗鲁地命令着，"我不从前门出去，我怎么来的就怎么回去，明白吗？我可不想让别人看见。你可以跟他们说你没带钥匙被锁在门外了。我可不想当我从这儿到对面去的时候，你还在屋子里，在我背后。"

他的话还没说完，希契都快走到门口了。

"别想耍花招，否则我又会改变主意的。"布雷恩斯警告他。他一只脚跨出了窗外，找到木板，接着回过头问道，"孩子的眼睛是什么颜色？我就问问。"希契可没再等在那儿跟他讨论这件事，他已经跑到过道的尽头了，边跑边用袖子擦着脸。

布雷恩斯像个瘸子一样在木板上拖着脚，闷闷不乐地嘀咕着："他的孩子都跟我姓了，我怎么能杀他呢？也许飞弟说得对，我是该歇一段时间了。我已经杀了好几个家伙了，放走一个也无所谓，也许会给我带来好运呢。"

回去比来时要容易多了，倾斜的木板帮了大忙。他跃过低矮的栏杆跳到公寓楼顶，将木板拉了回来。接着，他从口袋里掏出希契的房门钥匙，随手扔进通风井里。他擦了擦手，心里油然而生一种新奇的高尚的感觉，好像干了件好事一样。之前杀人从没给他带来过这种感觉。他得意扬扬地将帽子往后推了推，穿过天台门，下楼走到街上。此刻，他已经不在乎有没有人看见他。但事实上跟来时一样，没人看见他。

布雷恩斯走在人行道上,四处张望着,想打一辆出租车回到飞弟那里去。他当然想要回他的一百美元,反正现在不需要什么不在场证明了。他希望飞弟不要想着私吞那笔钱,如果他不信的话,可以让他看看自己的枪,枪膛里一颗子弹都没少,自己根本就没杀人。这附近应该没什么人打车,眼前连出租车的影子都看不见,于是他干脆边走边等车。他又往后拉拉帽子,感觉好极了。

"哇,有个孩子跟自己姓,这感觉真好笑。"他咕哝道。

此时,希契回到了自己的房间。他先前已经让旅馆服务员带着万能钥匙去房间瞧了瞧,确保里面没有人。他关上门,拴紧窗户,拉严窗帘。为安全起见,只要一收拾好东西,他就打算退房去找别的住处。但他此时此刻却无能为力,什么事也干不了,就靠在写字桌旁,浑身发抖,脑袋上下晃动着。他倒不是被吓得发抖,而是因为无法控制的滑稽的大笑。他手中拿着从地板上捡起的那封信,也就是布雷恩斯原来的情人戈尔迪写的信。在第一页的最后一段写着,就像布雷恩斯刚看见的那样,"我在细心地照料着你的宝贝。每次一看到他我就会想起你。"但每次翻到下一页,他就止不住地狂笑起来。信接着写道,"而且我真高兴你把它留给了我,你不在我身边,天知道会发生什么事。当一个女孩独自一人时,没有什么能比一把点32这样的手枪更好了。别忘了在芝加哥为自己也备上一把,万一你遇到什么人,你知道我说的是谁……"希契这位骄傲的"爸爸"不得不双手撑着腰,再这么笑下去,肋骨都要笑断了。

布雷恩斯走了三条街才打到了车。他懒得中途换车，但出于为飞弟着想，也没有直奔车库，而是在目的地不远的路边下了车。本来他可以不必像现在这样，就像以往从前面穿过飞弟当作幌子的"绿洲"酒吧直接回去，但毕竟飞弟是以玩这个把戏为生的，所以为什么要坏他的事呢？为什么要让这个把戏众人皆知呢？如果布雷恩斯直接穿过酒吧，他们肯定会发现的。

像往常一样，车库入口的大门敞开着，但这会儿就连那个门童也不见了，看来生意不怎么样。像之前出来时一样，布雷恩斯从墙壁和停在那儿的一排车中间挤过去，从离墙太近的那辆车的后保险杠上翻过去，没人看见。

经过敞开门的门卫室相当一段距离后，布雷恩斯看见那个门童坐在那儿看报纸。他绕过那个连轮子都没有的废车底盘，看见白墙有一点点往外凸，那是电话亭留下的一丝痕迹。他用指甲抠住，把纸板楔子拿出来，打开了墙。他待在电话亭里，直到身后的那堵墙全部合上。他透过玻璃望过去。通往酒吧的门还关着，但飞弟的办公室开着门，在等他回来。他走出电话亭，随手关上门，挂好牌子。做完这一切后，他停下脚步听听动静。天啊，外面这动静可不小——好像所有人都在跑。有人在外面砰砰地敲着门。他们在喊飞弟——自己回来得真及时！他能听见那酒保在大喊大叫："老板！你没事吧，老板？出什么事了，老板？"布雷恩斯一转身，躲进了办公室。

"我改主意了,"他喘着气说道,"正好赶上。他们在叫你……他们在外面要什么?等一下,等我脱掉衣服……!"他的手指迅速地解开胸前大衣和夹克的纽扣,肩膀一抖,两件衣服同时从背上滑下来,停在胳膊肘那儿,半脱半穿着。与此同时,他眨巴着眼睛盯着桌子对面。

一切还是老样子——纸牌、酒、钱——只是飞弟已经打起瞌睡在等他回来。布雷恩斯看着飞弟,他的下巴垂到胸口,头越垂越低,好像在刻着东西一样。飞弟的脑袋正上方飘着三道奇怪的蓝色烟雾,而且还是平行的,就像窗帘一样垂下来,没看见周围有他抽的香烟。

布雷恩斯斜靠在桌子上,一把抓住飞弟的肩膀,隔着衬衫能摸到他的体温。

"喂,醒醒——"随后,他看见飞弟膝盖上的那把枪,烟雾还在慢悠悠地从那里飘出来。那块麂皮擦枪布掉在地板上。布雷恩斯把飞弟的脸转过来看了看,他在捡起枪之前就已经知道答案了。飞弟擦枪擦得太勤了,他的头抬起来,脸上只剩下一只眼睛,子弹刚好穿过另一只眼睛。

外面的门砰的一声被撞开了,他们冲了进来,酒吧里的每个人都冲了进来,挤满了房间。他们进来的时候正好看见布雷恩斯从桌边站起来,手里拿着枪,衣服穿到一半。他感觉到有人从他手里拿走了枪,然后两边有人擒住了他,酒保质问道:"你对他做了什么?"一边派人去叫警察。去他妈的,还帮他保密,这家伙已经死了!布雷恩斯拼命挣扎着,想挣脱开来,可是做不到。

"我刚进来!"布雷恩斯吼道,"他自己干的,跟我没关系……我跟你们说我真的刚进来!"

"整个晚上你跟他一直在大吵大闹!"酒保喊道,"就在枪响的前一分钟,我还听到他大声地叫你滚出去。这个地方的每个人都听见了,你还说你刚刚进来?"

布雷恩斯突然往后一缩,就像被一个看不见的大锤子砸中了一样,然后慢慢地整个人都僵住了,在原地一动不动。他能感觉到别人的手在他身上乱摸,现在是警察的手。他们在比较一张他从飞弟那拿回来的借条和另一张后来他留在飞弟那儿的借条的时候,他一直在想着该如何脱身,他摇了摇头,好像昏了头,想清醒一下。

"等一下,我指给你们看,"他听见自己说,"就在那边门外面有个假电话亭,枪响之后,我就是从那里进来的,我指给你们看!"

他知道他们会给他机会的,也知道他们会去一看究竟的——但他早已知道电话亭对自己会有什么用了。没人看见他出去,也没人看见他进来。只有希契,现在只有找到希契来帮他!

当他领着他们往外走的时候,他一心只想快点到那里,整个身子往前扑,心底一直在呜咽着:"我杀过六个人,从来没被抓到过。到了第七个,我放过他,他们却抓住我,说我杀人了,这一次我根本就没干!"

冲　劲

　　潘恩在老本·伯勒斯的屋外四处转悠，等着屋内的客人离开，因为他想单独和伯勒斯见面。而且当着外人的面，你也不好向人家讨回欠自己的二百五十美元，尤其是当你明明知道伯勒斯会直接拒绝，而且还会让你哪儿凉快哪儿待着去的时候。

　　除此之外，对于不想让别人看见他跟伯勒斯这只铁公鸡见面，潘恩还有个更为充分的理由。他后兜里叠成三角形的一块大手帕有一个特殊用途，另一个兜里还有一个小工具——难道不是用来撬开窗户的吗？

　　潘恩躲在灌木丛里，观察着亮灯的窗户和坐在屋里的伯勒斯的身影。他一遍又一遍地排练着自己写的请愿书，仿佛真能派上用场一样。

"伯勒斯先生，我知道天很晚了，我知道我的出现让您很不高兴。但绝望可等不及，我现在已经绝望了。"这听起来还不错。"伯勒斯先生，我忠心耿耿地为您工作长达十年，在公司的最后半年里，为了维持公司的运转，我自愿只拿一半的工资，您说过只要情况一好转，就会把拖欠的工资发给我。恰恰相反，您居然用假破产来逃脱债务。"

这样说出来就好受多了。"这么多年来，我都没有接近过您。今天来也不是来找您麻烦的。如果我觉得您真的没钱的话，我也不会来的。但现在大家都知道，您的公司破产是假的，很明显您只是想以此来捞回您自己的投资。我最近听到谣言，说您暗地里支持一个以他人名字成立的傀儡公司来继续您原来的业务。伯勒斯先生，您承诺过的六个月工资的一半，准确的数字是二百五十美元。"

刚好也是尊严和自尊的分量，波林也这样说过，既不软弱也不伤感，镇定而高效。

接下来便是完美的收场了，而且全是肺腑之言。"伯勒斯先生，今晚您得帮我，迟一天都不行。我两只鞋底都各有一个五十美分硬币那么大的洞，我在每只鞋底下面都垫着纸板。我们现在已经一个星期没用上电和煤气了。明天早上法警就会上门来拿走仅剩的一点家具，然后就会贴上封条。

"伯勒斯先生，如果我是单身一人的话，我还会挺过去的，不会找任何人帮忙。可是，我还有个妻子在家要养活。您可能不记得她了，一个秀发乌黑的漂亮小姑娘，曾经在您的办公室里工作过一两个月，是个速记员。您现在肯定不记得她了，因为两年前她才二十岁。"

潘恩想说的就这些了，换作是任何一个人也会这样说的。然而潘恩知道，在还没开口说一个字之前，他就被打败了。

他看不见那个老头的客人，那个客人离窗户较远。伯勒斯与窗户呈一条直线地坐着，侧面对着潘恩。潘恩可以看见他那两片吝啬而刻薄的嘴唇在动。有一两次，伯勒斯漫不经心地举起手来，接着似乎在听客人讲话，最后慢慢地点点头。他伸出食指并摇了摇，仿佛是向那位客人强调着什么。在那之后，他起身向房间里面走去，但从窗户还能看见他。

他站在墙前面，手伸到挂毯上。潘恩伸长脖子，睁大眼睛。那挂毯后面肯定有个保险箱，那老家伙准备打开它。

要是他现在手头有副望远镜就好了！

潘恩看见那个老守财奴停了一下，转过头，叫那客人帮个忙。一只手突然抓住圈起的窗绳，将百叶窗关到了底。

潘恩咬牙切齿。这个老占董不敢冒一点风险，不是吗？他可能会读心术，早知道外面有人。但所幸还留了一条缝，在最下面隐隐约约能看到一丝光。潘恩从藏身的地方悄悄地溜出来,摸到窗户边,眼睛紧贴着窗户,牢牢地盯着伯勒斯正在拨动密码的手。

向左转四分之三,大概是钟面上数字8的那个位置。接着又往回转到3的位置,然后又反过来,这次是转到10那个位置。很简单。他一定要记住这几个数字——8—3—10。

伯勒斯打开保险箱,从里面拿出一个现金盒。他把盒子放在桌上打开。潘恩的眼睛都直了,嘴巴气得翘起来。看看那么多钱!老古董长满老茧的手伸进盒子里,拿出一沓钞票,数了数。他又放回去了一些,又数了一遍剩下的钱,一边把它们放在桌面上,一边把现金盒放回去,锁上保险箱,整理好挂毯。

此时,一个模糊的身影走过来,因为离那百叶窗留下的缝隙太近了,根本看不清,但没挡住桌上的那一小叠钞票。伯勒斯那只像爪子一样的手拿起桌上的钱伸出去。另一只滑溜一些的手朝钱伸过来。两只手握在了一起。

潘恩小心翼翼地退回到原先的地方。现在他已经知道保险箱在哪儿了,这才是重中之重。他来得正是时候。百叶窗紧接着打开了,这一次是伯勒斯的手拉着窗绳。那客人又退到对面去了。伯勒斯跟着那客人消失在视线里,房间突然暗了下来。过了一会儿,门廊天花板上的灯又亮了起来。

在灯光照到他的那一瞬间,潘恩迅速地转移到房子的另一边,确保没人发现自己在这儿。

门开了。伯勒斯嘶哑的声音礼貌地说了句"晚安",客人没有回应就离开了。显然这并不是一次非常友善的会面。门又关上了,用的力气还不小。快速的脚步穿过门廊,沿着水泥路走到大街上。潘恩紧紧贴着外墙站在那儿,那个客人已经从他身边走远了。他压根不想知道那客人究竟是谁。更何况天太黑了,而他所做的就是要藏起来不让别人发现。

当那位不知名客人的脚步声消失在远处的时候,潘恩转移到了一个可以正面观察房子的地方。他知道,此时只有伯勒斯一个人在家,他太吝啬了,就连一个全职用人都没有。一盏昏暗的灯闪烁了一两分钟,灯光从大厅后面透过门上方的扇形窗照射出来。如果自己想求一求这个老骗子,那么是时候该按门铃了。

他清楚这一点,但似乎有什么东西在阻拦着他走上门廊按响门铃。他也知道是什么,只是自己不肯承认而已。

"他会直接说不,而且当着我的面砰的一声关上门。"这便是潘恩为自己重新潜伏在灌木丛中继续等待而找的借口。"一旦他看见我在外面,事后——"潘恩想着。

此时,扇形窗内的灯光灭了,伯勒斯上楼去了。楼上卧室的灯亮了起来。仍然还有时间:如果他这个时候去按门铃的话,伯勒斯会再次下楼开门的。但是潘恩没有动,继续待在那儿耐心地等着。

卧室的窗户终于暗下来了,此时整栋房子一片漆黑毫无生气。潘恩仍然待在原地,跟自己斗争。事实上,称不上是斗争,因为早在很久之前他就已经输掉了。但他还是在为自己找借口,为他知道自己接下来要干的事提供借口——他没着急动手,并且到现在一直还保持本色,那就是做个诚实的人。

如果今晚他两手空空地回家,又该如何面对自己的妻子呢?到了明天,他们的家具就会被堆在人行道上。他一夜又一夜地向妻子承诺要跟伯勒斯谈谈,但是每一次都会拖延,路过他家门口却没有胆量进去。为什么呢?首先,他没有足够的勇气去忍受那意料之中尖酸刻薄、冷言冷语的拒绝。而更重要的是他意识到,一旦进去求情的话,他就放弃了通过其他不合法的法子拿回那些钱的可能。这么多年过去了,伯勒斯可能早就忘了自己的存在了,但是如果提前见他的话,反而会让他想起还欠着自己的钱呢。

潘恩果断地紧了紧裤腰带。那好,今晚决不会空手回到她身边,也不会去跟伯勒斯谈钱的事。她永远也不需要知道他是如何拿到这笔钱的。

他站起身来,往四周看了看。没发现一个人。这栋房子很偏僻,周围大部分街道都是象征性地铺设的,连接着空闲的街区。他小心而坚定地朝着先前看到保险箱所在的那个房间窗户移过去。

跟鲁莽至极的勇气相比,懦弱会导致承担更多的风险。潘恩害怕一些小事情——他不敢两手空空地回家面对妻子,但他也不敢去找那个火暴脾气的老恶棍要钱,因为他知道自己肯定会被辱骂一番然后再被赶走——因此他打算破门而入,生平第一次当一个窃贼。

窗子打开得太容易了,几乎是在邀请他非法进入。他站在窗台上,用火柴盒的外壳插进两扇窗户相接的地方,推开了插销。

潘恩跳到地上,把随身带来的小工具放进窗户的底部,那东西毫不费力就滑进去了。一分钟后他便进了房间,并关上窗户,这样一来,从外面看就不会有任何可疑了。他好奇为什么直到今天才明白,破门而入不是什么费力的事,只需要技巧和耐心就行了。

他拿出叠好的手帕,系在脸的下半部分。有一两分钟,他不想这么麻烦,随后又有点后悔这么做了。接着他又想,即使没有这块手帕,他也会这么干的。围上手帕还是会被人看见,但至少不会被认出来。

他很清楚不能开房间里的灯,但是身上也没有东西可以替代像手电筒这样科学的东西。他只能依靠普通的火柴,这就意味着移开挂毯之后,他只能用一只手来拨动密码箱密码了。

这是一个像玩具一样的小玩意儿。他并不知道准确的组合,只是大概的位置——8-3-10。第一次没有打开,于是他稍微改变了一下位置,接着便开了。

他打开保险箱,拿出现金盒,放在桌上。把盒子放到桌子上的这个动作好像是碰到了总电闸一样,房间一下子亮堂堂的,伯勒斯站在门口,干瘪的身躯裹着浴袍,左手伸到墙上的开关,右手端着枪瞄准潘恩。

潘恩吓得双膝打架,脖子像是被人掐住了,整个人都僵死了——就像一个生手第一次试水就被逮个正着时那样,对于惯偷来说这种情况是不会发生的。他的拇指突然刺痛起来,他机械地挥灭手中还在燃烧着的火柴。

"我下来得可真及时,是吧!"那老家伙得意而凶狠地说道,"它可能算不上是一个好保险箱,但每次保险箱的门一打开,我床边的蜂鸣器就会响,明白吗?"

他本应直接走过去打电话求助,电话就在这个房间里。但他却报复心大发,一直站在那儿唠叨着,故意戳到潘恩的痛处。

"你知道你会因此得到什么,是吧?"他舔了舔瘪进去的嘴唇继续说道,"我保证你会得到的,就像你每个月都会得到的一样。"他向前迈了一步。"现在离保险箱远一点,回到那边去,不要轻举妄动直到我——"

他闪闪发光的小眼睛里突然闪过一丝怀疑。"等一下,我是不是之前在哪儿见过你?你看起来有些眼熟。"他靠近了一点。"把那个面罩拿下来,"他命令道,"让我看看你他妈的到底是谁!"

一想到会暴露自己的脸,潘恩立即惊慌失措起来。他暗自思忖着,只要伯勒斯的枪口一直对着他,他根本就没办法脱身,那个老家伙迟早都会发现他是谁。

潘恩吓坏了,莫名其妙地摇着头。

"不!"他喘着粗气,把嘴巴上的手帕都吹鼓起来了。他甚至试着往后退，但一把椅子或是什么东西挡着道，他没法往后退。

那老家伙靠得更近了。"那么我就亲手为你摘下来！"他厉声说道。他的左手伸向手帕下方。他这样做的时候，右手便斜到一边偏离了潘恩的身体，枪口便没有对着潘恩了。但这一变化绝不值得潘恩去冒险。

懦弱。懦弱会鞭策你成为一个莽汉，即使是再大胆的人也会害怕。潘恩一直在想着那把枪。突然之间，他张开两手，抓住了老家伙的双臂。这是一个轻率的冒险，但伯勒斯根本没有预料到，因此成功了。枪朝着天花板"咔哒"地空响一声：它一定是卡壳了，抑或第一个枪膛是空的，而伯勒斯对此却毫不知情。

潘恩一直尽力地挡住那只手臂，但他最担心的还是伯勒斯那只伸向手帕的空手。因此，他用力地朝着另一边扭过头去，这样一来伯勒斯就够不到了。他抓住老头那皮包骨头的右手腕，紧紧扭着上面薄薄的一层皮，直到伯勒斯疼得受不了松开手，丢掉枪。枪从他们俩中间掉在地板上，潘恩用脚背把枪踢到一两尺远的地方，两人都够不着了。

接着他用同一只脚从后面锁住伯勒斯的一只脚，把他推倒了。老头四脚朝天摔在地板上，于是这场短暂而又不平等的斗争便结束了。然而即使伯勒斯摔倒了，但他还是赢了。当潘恩松开伯勒斯的手臂摔倒他的时候，他那只下垂的左臂忽然抓过来，把手帕扯了下来。

他躺在那儿，一只胳膊肘撑在地上，喘着粗气，他认出了潘恩，这像一把刀刺中了潘恩的心脏。"你是迪克·潘恩，你这个卑鄙的骗子！现在我可知道你了！你是我的老员工迪克·潘恩！我一定会让你付出代价的——"

伯勒斯只来得及说出这些话。他是在自寻死路。潘恩神经肌肉高度紧张，出于自我保护的本能，他都没意识到自己已弯下腰捡起掉在地上的枪。下一刻，他清楚枪在他的手中，正瞄准着那张令他害怕的刻薄的嘴巴。

他扣动了扳机。已经是第二次了，要么又是卡壳了，要么枪膛还是空的。他后来良心发现，意识到了这一点，刚才的那一枪仿佛是老天在给他最后一次机会，阻止他开枪。这样的想法就让他原先的企图变得不一样了，到目前为止，他那虚伪的小小借口也随之消散。这本来是在激烈战斗中的冲动行为，现在变成了冷血的蓄意谋杀，在杀人之前，他有充足的时间来三思而行。良心让我们都成为懦夫，而潘恩一开始便是一个懦夫。

伯勒斯甚至还来得及说出几个结结巴巴的单词，绝望地向潘恩求饶，保证自己不会说出去。话虽然是真的，但他肯定不会信守诺言的。

"不！迪克·潘恩！不！我什么都不会说的。我不会告诉别人你来过这儿——"

但是伯勒斯已经知道他是谁了。潘恩扣动了扳机，这第三个枪膛里装着死神。这一次枪掉在地上,而伯勒斯的整张脸都笼罩在一股烟中。等烟雾渐渐散去的时候,伯勒斯已经死了,头倒在地板上,嘴角流出一条细细的红线,就好像是嘴唇裂开了。

潘恩直到最后表现得还像个生手一样。在接下来的一片死寂中,他说的半句话是:"伯勒斯先生,我不是故意的——"

接着他呆呆地看着,满脸苍白,惊慌失措。

"现在完了!我杀了人——杀人要偿命的!我要倒霉了!"

他望着那把枪,吓坏了,仿佛刚刚发生的这一切,那把枪才是罪魁祸首,而并不是他。他捡起手帕,神情恍惚地擦着枪,然后又停了下来。虽然枪是伯勒斯的,但把枪随身带走似乎更为保险一些。作为一个生手,他对指纹有着莫名的恐惧感。他知道自己肯定不能完全擦掉所有的痕迹,即使是要把原来指纹擦干净的举动也还会留下新的指纹。他把枪放进外套里面的口袋里。

他看了看前后左右。他最好赶紧离开这儿,最好赶紧离开这儿。逃跑的鼓声已经在内心响起,而且他知道鼓声一旦响起便再也不会停下来。

现金盒还在他原来放的那桌子上,他走过去,打开盖子。他不想要这些钱了,这些钱让他心惊胆战,这些钱已经沾满了血腥。但是他至少得拿一点,以免自己轻易就被逮住。他没去数数里面有多少钱,看上去至少得有一千美元,没准甚至有一万五或是一万八。

除了应得的以外，他不会多拿一分钱。他只会拿走那原准备来要回的二百五十美元。对于他那惊恐不安的内心而言，如果他只拿走他应得的那份，那样好像就会让他的罪行显得不那么十恶不赦了。那样就不像是赤裸裸的谋杀和抢劫，让他能坚信这只是因为要债而引发的一场可怕的意外事故。毕竟，一个人的良心才是最令人畏惧的警察。

除此之外，当他慌慌张张地数出那二百五十美元，塞进裤子后兜并扣上扣子的时候，他意识到他不能告诉妻子自己来过这里——否则她就会发现自己干了什么。他得让她以为是从别的地方弄到这笔钱的，这应该不难。他一晚又一晚地推迟到这儿与伯勒斯见面。他很明确地向她表明过不喜欢接近自己的前老板，是他的妻子一直怂恿着他来这儿。

就在今天晚上她还说过："我觉得你永远都不会去的，我已经放弃希望了。"

所以，还有什么比让她认为自己最后没去见伯勒斯先生更自然呢？他会想出其他的理由来解释这笔钱的来源，他必须得解释清楚。如果今晚不解释的话，那就明天再说。等他从震惊中缓过劲来变得更加清醒的时候，会想到其他理由的。

他有没有在附近遗留下什么东西会让他露出马脚，让他们能够追踪到他？他最好把那现金盒放回去，很有可能他们并不知道那个老吝啬鬼手里到底有多少钱。正常情况下，他们弄不清楚像他这种人会有多少钱。潘恩用本来戴在脸上的手帕小心翼翼地擦擦现金盒，拨了拨转盘，轻轻地擦擦表面。他没再走近窗户，而是关了灯，从房子的正门走了出去。

潘恩用手帕包着手打开门，出来后又关上门。在仔细地观察荒凉的街道后，他从门廊上下来，快速地穿过步行通道，左转沿着黑暗中的灰白色人行道朝着远处的电车路线走去，但他并不打算在这样一个特殊的车站、特殊的时刻坐车。

他拖着沉重的步伐往前走，偶尔抬头望望繁星点点的夜空。一切都结束了。如今只能尽力守住这个秘密了。这是一段不敢与人分享的记忆，连波林都不能说。但在内心深处，他深深明白，这一切根本就没有结束，这只是个开始。那只是一开始的序幕而已。谋杀，就像是从斜坡上滚下的雪球，越滚冲劲越大。

他得喝一杯。他得把这件倒霉的事抛诸脑后。他不能满脑子想着这事回家。他们直到凌晨四点才关门，不是吗，像那种地方？他不爱喝酒，不太熟悉那些情况。很好，在街对面就有一家。这儿已经够远了，超过从他家到伯勒斯家三分之二的路程。

里面空荡荡的。这就再好不过了，但也可能不是很好，因为别人很容易就记住他。但现在已经来不及了，他已经走进那家酒吧了。"来杯纯威士忌。"酒保还没转过身去，潘恩又说道，"再来一杯。"

潘恩很快一饮而尽，他不该这么快的，这看上去很可疑。

"把那个收音机给关了。"潘恩匆忙地说道。他不该这么说的，那听起来很可疑。他说话的时候，酒保看了他一眼。再也没有什么比寂静更糟了，令人无法忍受。危险的鼓声敲响着。"算了，还是打开吧。"

"先生，你到底是要开还是要关？"酒保的声音略带责备之意。

好像他做的每件事都是错的。他一开始就不该进来。那么，在情况变得更糟之前他应该离开这儿。"多少钱？"他拿出了仅有的七十五美分。

"八十美分。"

他的心往下一沉。可不能用那笔钱！他根本就不想掏出那笔钱，那样的话，他脸上的表情就会暴露一切。"大部分地方一杯只要三十五美分。"

"不是这个牌子的。你没说要什么牌子的。"但是酒保已经警惕起来，开始认为他是那种赖账的人。他俯身靠在柜台上，就在潘恩的正前方，这样一来潘恩的一举一动都尽在他的掌握之中。

他不应该点第二杯的。仅仅因为少了五分钱，他得当着那家伙的面把那一整卷的钱都拿出来。但也许他到了明天就不记得了，因为潘恩在这儿的举动是如此的神经兮兮。

"厕所在哪？"

"售烟机后面的那扇门就是。"但是酒保此时明显已经起了疑心：潘恩能看得出来，因为酒保一直盯着他。

潘恩进去后关上门，用肩胛骨封住门，解开后兜的扣子，把里面所有的钱都翻了一遍，想找到一张最小面额的钱。十美分已经是最小的了，而且只有一个，只能给那酒保了。他为来到这个破地方而咒骂着自己。

他身后的门突然被推了一下，不是很有力，但在他的意料之外。他一下子失去平衡往前一扑。手中本来就没有抓紧而摊开的钱现在撒得满地都是。此时酒保的头从门缝中露出来，他开始说起来："我看不惯你的行为，快走，从我的地方滚——"接着他便看见了那些钱。

伯勒斯的枪一直放在他外套里面的口袋里，让他感到很别扭。枪的把手太大了，比口袋的内衬还要宽。他突然往前的一扑使枪都转了个方向，枪由于太重就快要掉出来了。潘恩只好紧紧地抓住不让它掉出来。

酒保看到潘恩的举动，走近他并冷哼了一声："我早就料到了！"这句话可能没什么意思，但也有可能是他什么都猜到了。

他壮得像头牛，可不像伯勒斯那样好对付。他一把将无助的潘恩摁在墙上。即便如此，要是他能闭嘴的话，之后的一切可能就不会发生了。

但他张大嘴巴叫起来："警——察！持枪抢劫！救命！"

潘恩失去了仅存的一点理智，变成了一台模糊的手摇风车，无法控制也无法阻止自己的行为。酒保的腹部有什么东西爆炸了，好像腰带底下塞进了一个鞭炮。

酒保咳嗽着倒在了地板上，死了。

又一个。现在已经两个了。不到一个小时两个。这几个字就像圣经故事里的那样，在肮脏的盥洗室墙壁上装饰成火焰般的文字，好像正对着他闪闪发光。

潘恩像踩着高跷一样，僵硬地跨过那具俯卧在地板上系着白色围裙的尸体。他透过门缝向外望去，酒吧里一个人也没有。而且可能外面街上也没人听见这里面的动静，因为从这儿到外面得穿过两扇门。

潘恩收起那该死的东西，这东西好像因为在他手中就在到处传播死亡。如果他没从伯勒斯家中把它随身带出来的话，这个家伙现在还活得好好的。但是如果他没随身带出来的话，他现在已经因为第一件谋杀案被逮起来了。为什么怪武器不怪命运呢？

那些钱铺满了地面。他蹲下来，一张一张地捡起来，一边捡一边数。二十、四十、六十、八十。一些钱在尸体的一侧，一些在另一侧，在紧紧追找钞票的过程中，他不得不多次跨过那具尸体。甚至有一张的边角被压在尸体底下，当他设法拿出来的时候，那张钞票的边缘沾满了血迹。他满脸痛苦地把钱抽出来，擦干净。当然，一些血迹还是残留在上面。

他把所有的钱都捡起来了，或者他以为全都捡起来了。他在这儿一分钟也待不下去了，感觉好像快要窒息了。他像原来那样把所有的钱放进裤兜里，扣上扣子。然后他慢慢地出去，一边朝身后而不是朝前看着。这样一来,他就没能看到那个醉汉。当看到醉汉的时候已经晚了,因为醉汉早就看见了他。

那醉汉醉得相当厉害,但是也没有醉到让潘恩可以冒险的程度。他一定是在潘恩一心找回钱的时候静悄悄地跑进酒吧的。他正扑在硬币点唱机上看歌单。在潘恩退回去之前,他就已经抬起头。为了防止他看见地板上的东西,潘恩迅速地关上了身后的门。

"嗯,是不是快关门了,"那醉汉抱怨道,"给我拿点喝的怎么样?"

潘恩尽量用帽檐遮住自己的脸。"我不是这儿的老板,"他含糊地说道,"我自己也只是个客人……"

醉汉变得难缠起来,当潘恩想侧身走过时,他紧紧扯着他的衣领。"不要耍我。我刚看见你把外套挂在那儿,现在你就想关门。除非你给我喝的,否则就别想关门……"

潘恩试着推开他,动作并不猛烈,以免招来再一次徒手搏斗。但那醉汉紧紧地抓住他不松手。或者说,那醉汉紧紧地抓住残忍的死神之手却毫不知情。

潘恩努力抑制住内心的恐慌,因为他已经目睹了两次极度恐慌的结果。街上随时会有人进来,而且是头脑清醒一些的人。"那好吧,"他喘着粗气,"快点,你要喝什么?"

"这还差不多,现在你才是个好人。"醉汉松开了手,走到吧台后面,"对我来说,没有什么能比得上老牌子四朵玫瑰了。"

潘恩随手从架子上抓了一瓶酒,把整瓶都递了过去。"拿着,随便喝。但是你得拿出去喝，我——我们现在准备打烊了。"他找到一个开关，按了下去。只有一部分的灯熄了，现在也没时间去管那剩下的灯了。他赶忙把那个嗜酒如命的醉汉推了出去，俩人出来以后他就把门给拉上了，所以这样一来即使是门没锁，看上去也像是锁了一样。

那醉汉开始在人行道上打转，大声感叹道："你真是个好人，让我出来喝也不给我个杯子！"

潘恩往一个方向轻轻地推了他一下，自己转过身朝另一个方向匆忙地逃走了。

问题是他到底有多醉？他会记得潘恩吗？如果再见到的话他会认出他吗？他急急忙忙地走着，回荡在他身后夜色中的欢呼和咒骂声促使他跑了起来。他不能再那么做了。一个小时内杀三个人，他可做不到！

当他回到自己家的小院时，夜色已深了。他跟跟跄跄地走上楼梯，不是因为喝了两杯酒，而是因为杀了两个人。

他终于站在自家门外——三楼 B 号。在他杀完人之后这一切似乎变成一件如此好笑的事情——像往常一样，把手伸进兜里摸索着钥匙然后插进钥匙孔。在离开家之前，他是一个诚实的人，而现在回来之后，却成了一个杀人犯，而且还杀了两个人。

他希望她睡着了。他现在无法面对她，即使是想但也没法跟她说话。他现在因情绪激动而筋疲力尽。她只要看看他的脸，看看他的眼睛，就会察觉的。

他轻轻地关上前门，偷偷摸摸地走向卧室，往里看去。她躺在床上睡着了。可怜的人儿啊，可怜又无助的人儿啊，居然嫁给了一个杀人犯。

他又走回去，在外面的房间脱掉衣服。然后他就待在那儿，都没躺在沙发上，而是蜷缩在旁边的地板上，头和手臂枕在沙发上。恐怖的鼓声一直敲响着，不停地说道："我现在该如何是好？"

太阳好像在空中冉冉升起，升得也太快了。他一睁开眼就看见太阳已经老高了。他走到门口，拿回报纸。晨报里还没有消息，因为这些报纸早在午夜之前就已经印好了。

他转过身，波林出来了，一边还捡起他的衣物。"地上到处都是，从没见过像你这样的男人……"

他说道："不——"他的手朝着她抓过去，但已经太晚了。他在酒吧里再次把那些钱乱七八糟地塞进后兜里后，后兜明显就鼓了起来。她打开后兜拿出那些钱，有些钱掉在地板上。

她呆呆地盯着。"迪克！"她喜出望外，简直不敢相信，"不是伯勒斯吧？别告诉我你终于……""不是！"伯勒斯的名字就像炽热的钢针扎穿了他，"我连靠都没靠近他，跟他没有一丁点关系。"

她相信地点点头："我就想着不是，因为……"

他没让她说完。他走近她，抓住她的双肩。"别再跟我提他的名字。我再也不想听到他的名字。我从别人那里拿到的。"

"谁？"

他知道他必须回答她，不然她就会起疑心了。他咽了咽口水，胡乱地想了个名字，"查理·查默斯。"他脱口而出。

"但他上周拒绝你了啊！"

"噢，他又改主意了。"潘恩痛苦地面对着她，"波林，不要再问我了，我受不了了！我昨晚一晚上都没睡。有钱了，这才是最重要的。"他从她手上拿回裤子，走进卫生间穿衣服。昨晚他把伯勒斯的枪藏在浴室的洗衣篮里，早知道把钱也一起藏在那儿就好了。他把枪又放回昨晚放的上衣兜里。如果波林碰到这儿……

他梳了梳头。如今内心那鼓声稍微平息了一点，但他知道它们还是会重新响起来的：这只是暴风雨之前的宁静。

他又走出来，她正在把杯子放在桌上。她现在看起来很担心，仿佛已经感觉到有什么不对劲了。他能看出来，也许她是在害怕发现的什么东西。他没法坐在这儿吃东西，就好像平时那样。随时都会有人跟踪他到这儿。

他从窗边走过。突然他身体一僵，紧紧抓住窗帘。"那个男的在楼下那儿干吗？"她走到他身后。"站在那儿跟门卫说话的那个人……"

"怎么了，迪克，那男人在那儿有什么不对劲吗？每天都有好多人在那儿停下来聊天……"

他从窗台往后退了一步。"他正朝我们家的窗户看呢！你看见了吗？他俩都转过身朝这边看！快回来！"他把她搂在身后。

"为什么要这样？我们什么也没干。"

"他们从门口过来了！他们上这儿来了……"

"迪克，你怎么这个样子，出什么事了？"

"去卧室里等着。"是的，他是个懦夫。但懦夫也有千万种，至少他不是那种躲在女人裙子后面的懦夫。他指指前面，然后抓住波林的肩膀。"不要问任何问题，如果你爱我的话，就一直待在里面直到他们走开为止。"

她满脸惶恐，他关上门。他打开枪膛，还剩两颗子弹。"我能把他俩都干掉，"他想着，"只要我足够小心。我必须干掉。"

悲剧又要重演了。

门铃的叮咚声让潘恩冷静下来。他光着脚缓慢而坚定地走向门口。经过桌子旁边时他拿起报纸，卷成漏斗状，把手和枪插进去。他的胳膊紧贴着身体一侧，这样一来报纸就卷成一团。看上去他好像刚看完报纸，随便一卷夹在腋下。只要他一直身体往下微微倾斜着，那把枪就在报纸底下藏得好好的。

潘恩拉开门闩，慢慢地把门打开，也只是半开着，他只露出没带枪的那半边身体。当门缝开大时，门卫进入视线。他在门外面，旁边的一个男人后脑勺上戴着一顶圆顶礼帽，留着浓密的胡子，嘴里转动着雪茄，看上去就像那种会跟踪的人。

门卫带着毫不掩饰的傲慢神情说道："潘恩，我这儿有个人想看房。既然你的房间从今天起就可以空出来，我就让他来看看。有意见吗？"

他们从身边走过时，潘恩靠在门上无力地摇晃着，就像挂在钩子上的衣袋一样。"没有，"他低声下气地说道，"没有，进去看吧。"

等到那两人进屋一直走到地下室的时候，潘恩才把门关上。他一关上门，波林就从卧室里冲出来，急切地抓住了他的胳膊，并问道："为什么你不告诉他们，我们现在有钱付欠的租金了，而且我们还要住下去？你为什么要那样掐我的胳膊呢？"

"因为我们不会住这儿了，而且我也不想让他们知道我们有钱了，更不想让任何人知道。我们要离开这儿。"

"迪克，究竟发生什么了？你做了什么不该做的事吗？"

"不要问我了。听着，如果你爱我的话，就不要再问任何问题了。我是遇到点小麻烦，我得离开这儿。永远不要问为什么。如果你不愿意跟我一起走的话，我就一个人走。"

"你去哪儿我就去哪儿。"她的眼睛模糊了，"但是就摆不平了吗？"

两个人死了，已经无法挽回了。他苦笑着说道："是的，摆不平了。"

"情况很糟糕吗？"

他闭上眼睛，过了一分钟才回答道："波林，情况很糟糕。你只要知道这些就够了。我也只想你知道这些。我要尽快离开这儿。

再多待一分钟可能就来不及了。我们现在就开始收拾吧。反正今天他们随时都会来这里赶我们走,这是个很好的理由。我们不能等了,立马就走。"

她走进卧室收拾东西。她花的时间太长了,他都快急疯了。她似乎没有看出来事情有多么紧急。她浪费了太多时间决定带走什么、留下什么,就像他们是去乡下来一个周末旅行。他不断地走到卧室门口催促着:"波林,快点!赶紧的,波林!"

波林大哭起来。她是个听话的妻子,没有再追问他到底遇见了什么麻烦。她就是因为毫不知情而哭起来。

当她终于拿着她装好的小包出来的时候,他正趴在窗户旁边,这姿势就像是一个人在梳妆柜里找领扣一样。他满脸痛苦地转过来看着她:"太迟了,我不能跟你一起走了。已经有人盯上这儿了。"

她低下身子,慢慢走到他身边。

"你看看街对面,看见那个男人没有?过去的十分钟里他就一直站在那儿没动,没有人会毫无理由地干站在那儿的……"

"他可能是在等人。"

"他就是在等人,"他阴沉地小声说道,"在等我。"

"可你不能确定啊。"

"我是不确定。但等我搞清楚就来不及了。你自己走,在我前面走。"

"不,如果你留下来的话,让我跟你待在一起。"

"我不是留下来，我也不能留下来！我会跟在你后面，在某个地方碰面。一次走一个比起咱俩一起走会容易一些。我可以从屋顶或地下室溜出去。他们要找的不是你，所以不会拦住你的。你现在就走，然后等着我。不，我有个更好的主意，你就这样办。你买两张票，然后在市区的终点站上车，不用等我……"他一边说着一边分出一些钱塞到她不情愿的手中。"现在仔细听我说。两张去蒙特利尔的票……"

波林的眼里又流露出惊愕之意："我们要出国吗？"

当你杀了人之后，你就再也没有祖国了。"波林，我们必须出国。车站那儿每晚都有一班八点的高级快车。八点整会从市区终点站发车，然后二十分钟后到达郊区，在那儿会停五分钟。我就在那儿上车。你记得一定要坐这班车，否则我们就见不到面了。在你旁边给我留个座……"

她绝望地抱住他。"不，不。我害怕你不来了，万一出什么事，你会错过那趟车的。我如果现在离开你，可能再也见不到你了，到时候我会孤零零一个人去那儿，你不在我身边……"

他握紧她的双手，想要让她放心。"波林，我向你保证——"说得好听，他现在已经是个杀人犯了。"波林，我发誓——"

"这儿——对着这个，对着这个发个重誓，否则我不会走的。"她从手提包里拿出一个系在一条小金链子上的玛瑙十字架，这是他们为数不多还没有当掉的东西。她把十字架放在手掌上，把他的右手按在上面。他俩非常神圣地注视着彼此的眼睛。

他的声音颤抖着。"我发誓什么也阻挡不了我赶上那趟车。不论发生了什么，不论是谁想阻挡我，我都会在火车上跟你碰面的。无论下雨或天晴，无论生或死，我都会在今晚的八点二十分在车上跟你见面的。"

她把十字架收起来，他们短暂而又热烈地吻了一下。

"现在快一点，"他催促着，"那个家伙还在那儿。你经过他身边的时候不要看他。如果他拦住你问你叫什么，你就随便编个名字……"

他陪她一起走到门外面，看着她下楼。她最后小声说道："迪克，为了我你要小心点。从现在到今晚可不要出任何事。"

他回到窗边蹲下身，脸颊贴在窗台上。她一两分钟后出现在楼下。虽然内心一定非常渴望，但她很清楚她不能抬头看他们家的窗户。那个男人依然站在那边。他好像没注意到她，他甚至在看着另一个方向。

她绕到房子后面就消失了：他们家内嵌的窗户是对着院子缩进去的。潘恩想知道他是否能再见到妻子。肯定会见到的，他必须再见到她。他意识到对她来说见不到才更好。让她陷入他的厄运中来对她是不公平的。但是他已经发过誓了，他必须遵守诺言。

过去了两三分钟。猫捉老鼠的游戏还在继续。他蹲在窗边一动不动，那个男人站在街对面也一动不动。她现在肯定已经走到街道拐角了。她会在那儿坐公交车去市区。她也有可能会在那儿等上几分钟的车,现在没准还能看见她。但是如果那男人想跟踪她,和她搭话,现在就应该有所行动了,不会再继续站在那儿了。

接着潘恩看见,那家伙果然行动了。他低下头,扔掉了一直在吸着的烟还是别的什么东西,开始有目的地朝一个方向移动。他肯定在盯或在找某个人,这一点错不了,从他警惕地抬头的姿势就能看出来。他从视线中消失了。

潘恩的呼吸开始变得滚烫而又急促起来。"我要杀了他。如果他敢碰她,准备拦下她的话,我就会在大白天在大街上杀了他。"这仍然是恐惧和懦弱在起作用,尽管此时就其本身来说已几乎无法分辨出来了。

他朝枪摸去,手放在枪上面,就在外套里面靠近胸口的地方。他站起身,跑出公寓,跑下楼梯。他以冲刺的速度抄近道穿过内院,飞速地通过公寓前的遮阳棚,朝着他们俩走的方向跑去。

随后,眼前看到的情形使他突然停下了脚步。他分别注意到三点。一开始他只注意到两点。首先是停在拐角的公交车,门开着,能看见前三排的座位。他瞥见了波林的背影,她正在上车,独自一人,没遇到麻烦。

车门自动关上,车子迅速穿过街道,消失在另一边。近在咫尺的街对面,一直在监视着的那个男人再次停下来,生气地朝一个女人打着手势。那女人提着大包小包,跟他会合。两个人声音都很大,潘恩很容易就能听清楚。

"我在那儿等了整整半个小时，没一个人让我进去。"

"噢，难道你出去不带钥匙还是我的错了？下次记得带钥匙！"

仍然是近在咫尺：就在潘恩所在的街道这边，一个懒洋洋地靠在墙边的身影走过来进入他的视野。那男人离他只有几码远，但潘恩的眼睛一直注视着远处，到现在才发现那个男人。

他的脸突然出现在潘恩面前，他的眼睛意图明显地盯着潘恩的眼睛。他看上去不像那种来抓人的人，但他的行动很像。他从背心口袋里掏出证书或身份证一类的东西。他温和而含糊不清的语气中带着一种不容拒绝的命令："等一下，伙计。你叫潘恩，对吧？我想见见你……"

潘恩并没有对自己强壮的身体发出什么信号，身体自动为他做出了反应。他感觉到他的双腿带着他跌跌撞撞地跳回院子里的隐蔽之处。他跑到公共楼梯脚下的时候，那男人还没绕到公寓前。等到那无情的、缓慢却又清晰可闻的脚步走上公共楼梯的时候，他已经躲在自家的门后了。

那个人好像是独自一人在追踪他。难道他不知道潘恩有枪吗？他会发现的。此时他已经到了楼梯平台，他似乎事先就知道该上几楼，该在哪个门口停下来。可能门卫已经告诉他了。那么为什么不早点进来呢？可能他是要等同伴，而潘恩太早的露面打乱了他的计划。

潘恩意识到回到家里把自己困住了。他应该继续往上到楼顶或是更高的地方去。但是作为猎物的本能，不论是四条腿的动物还是两条腿的人，都想找个洞从外面钻进去。现在已经晚了：他就站在门外。潘恩试着将急促的呼吸放缓一些。

潘恩听到自己的呼吸声就像是筛子筛沙子一样。

他没按门铃也没有敲门，而是偷偷摸摸地不停地转着门把手。如旋涡一样的恐慌又一次在潘恩心中翻涌着。他不能让他进来，他也不能让他走。否则他一定会去找些帮手过来。

潘恩把枪口对准了门缝，对着两个铰链中间的位置。另一只手抓着门闩，打开了。

现在如果他想死的话，就尽管把门推开吧。

那个人还在转着门把手。此时门稍稍打开了一点，门把手转动了一下，门缝也变宽了。潘恩鼓足勇气，开了枪。

一声巨响。他扑倒在公寓的地上，只有脚和脚踝露在外面。

潘恩从门后走出来，把那人露在外面的部分拖了进来，关上门。他停下来，双手到处摸着。他找到一把枪，比自己的那把更大更准。他把那把枪拿走了。他发现了一个装满现金的皮夹。他也拿走了。他在寻找战利品。

潘恩曾在楼下看见那男人把手伸进背心口袋，但现在发现里面什么都没有，只有一大沓印制劣质的卡片，上面写着"星星信贷公司，无须担保，贷款金额不限"。

因此，他并不是他以为的那种人。他显然是个放高利贷的，听闻潘恩手头紧而跟来的。

不到二十四个小时就已经三次了。

如果他之前还不确定的话,但现在凭直觉他就知道这是命中注定的了。不像前两次,这次他不再有任何惊慌失措的感觉。他现在所做的一切,不过就是不停地用子弹来收买时间。就像利息越来越高,而还款期限却越来越短。现在连后悔的时间都没了。

大厅里的门都打开了,声音此起彼伏。"刚才是什么声音,是枪声吗?"

"好像是从三楼 B 传出来的。"

他必须马上离开,不然他又得困在这儿了,而这一次就会永远困住了。他转过身去不让外面的人看见,扣紧夹克,深深地吸了一口气,然后打开门,走了出去,并关上门。大厅里其他的门都开着,人们从屋里往外张望着。他们还没有聚集到大厅中央。他们大多是女人,当看见他出来的时候,有一两个人胆怯地退了回去。

"没什么,"他说,"我刚刚打碎了一个大陶壶。"

他知道他们是不会相信他的。

他朝楼下走去,走到第三个台阶时他往旁边看了看,看见一个警察上来了。有人已经报警或者发出消息了。他回转身,沿着楼梯飞奔着往楼上跑去。

警察的声音喊道:"待在原地,不许动!"他现在上楼的速度很快,但是潘恩速度也不慢。

警察的声音喊道:"所有人都进房间!我要开枪了!"

门开始像放鞭炮一样啪啪地都关上了。突然潘恩转到楼梯扶手旁,先开了枪。

警察身躯一震,但他抓住扶手站立着,他不像其他人那么容易就死了。在枪从手里掉下来之前,他开了四枪,前三枪都打偏了,第四枪打中了潘恩。

那一枪打中了潘恩的右胸口,将他击倒在楼梯的台阶上。疼痛一阵阵袭来,但伤得不算重。他发现自己还可以站起来,也许是因为自己必须得站起来。他退了回去,往下望了望。那个警察蜷着身子趴在扶手上,一直滑到下一个拐角处,就像小孩在楼梯扶手上滑着玩一样,但却是侧身、趴着的,然后掉在楼梯平台上,翻了个身躺在那儿一动不动,脸朝着潘恩,眼睛却已经闭上了。

四个。

潘恩继续往上走到顶楼,但走得不快,也很艰难。这些台阶就像是下行的手扶电梯一样,想载着他往下走。他到了旁边公寓的顶楼,然后走下去,从自己公寓后面的街道出来。两栋建筑一模一样,背靠着背。巡逻车已经尖叫着在他家门口停下来,他虽然看不见,但在顶楼、在这边都能听得见。

他臀部都湿了,一直到膝盖那儿都湿了。可是那些地方并没有被打中,他肯定是流了许多血。他看见一辆出租车并招了招手,那车倒回去接上他。他上车时很疼,当司机问他去哪儿的时候,他一时间都不能回答。因为流血，袜子在鞋里感到湿黏黏的。他希望在八点二十分之前能止住血。他必须在火车上和波林见面，所以他还有好长一段时间要活下来。

还没等潘恩说清楚，司机就已经带着他拐过了街角。他又问了一遍去哪。

潘恩问："现在几点了？"

"五点四十五分，先生。"

生命是如此短暂又如此甜蜜。他说道："去公园吧，带我四处转转。"这样做才是最安全的，他们绝不会去公园抓人。

他想："我一直都想开着车去公园转转。不去任何地方，就慢悠悠地开着车在公园四周转悠。我之前从没有钱这么做过。"

现在他有钱了，比他剩下的时间要花的钱还多，花不完了。

子弹肯定还在他的体内。他的后背没有伤到，所以子弹没有出来，可能是让什么东西挡住了。血快止住了，他感觉快要流干了。他疼得直想翻来覆去。

司机注意到了，问道："你受伤了吗？"

"没有，我只是有点抽筋而已。"

"要我带你去药店吗？"

潘恩无力地笑了笑："不用，我想随它去吧。"

公园的日落，如此安静，如此平淡，悠长的影子倒映在蜿蜒的小路上。一两个来迟了的保姆正推着婴儿车往家里走；一两个闲逛的人暮色中逗留在长椅上；一艘小船停在湖面——船员在岸上带着他心爱的姑娘四处晃悠；一个卖柠檬水和爆米花的男人推着他的小货车准备收工回家了。

星星出来了。西边昏黄的天空映衬着树木黑暗的影子。所有一切都变得模模糊糊，他感觉到自己仿佛置身于一个巨大的旋涡之中。每一次他都坚持下来，恢复了知觉。他一定要赶上那辆火车。

"到八点钟的时候，跟我说一下。"

"好的，先生。现在才六点四十五分。"

当车遇到崎岖不平的地方时，潘恩就会发出痛苦的呻吟声。他试图压低声音，但司机肯定已经听到了。

"你还是很疼，是吗？"他同情地问道，"你得去看看。"他开始说起自己消化不良的问题。"拿我来说，只要我一吃玉米粉蒸肉再喝点根汁汽水就好了。任何时候，只要我吃玉米粉蒸肉再喝点根汁汽水……"

他陡然闭上嘴，目不转睛地盯着后视镜。潘恩小心翼翼地紧紧抓着自己的衣领，想要遮住深色的衬衫前襟。他知道现在做什么都已经晚了。

司机很长一段时间没说一句话。他在考虑着什么，考虑的时间还真不短。终于他随意地问道："想听广播吗？"

他知道司机心里打着什么算盘。他想："他想看看在这件事上，自己是否能从我身上捞点什么。"

"不妨就听听吧。"司机怂恿道,"这包含在车费里,不用你多花一分钱。"

"那就听听吧。"潘恩同意了。他也想看看自己能不能听到什么。

就像平常一样,听听音乐能缓解一些疼痛。"我以前也经常跳舞,"潘恩一边听着曲子一边想,"但那都是在我开始杀人之前的事了。"

这个问题没有困扰他很长时间。

"全城警戒抓捕迪克·潘恩。潘恩,一名即将被赶出公寓的男子,枪杀了一个信贷公司的员工。接着当巡警哈罗德·凯里接到报警赶到后,也遭到同样命运。无论如何,巡警在执行任务牺牲之前,已成功地重伤亡命之徒。逃犯在通往屋顶的楼梯上一路留下血迹似乎确认了这点。他仍然在潜逃中,但可能不会逃太久。请密切关注此男子,他是个危险分子。"

"如果你们不去管他,让他登上那趟火车,他就不危险了。"潘恩可怜兮兮地想着。他看见前面的司机忽然身体一僵。"我想我现在得对他下手了。"

对于这个司机来说,此刻太不是时候了。穿过公园的大部分道路都交通繁忙,灯火通明,在那儿他可以向别的车主求救。但是现在他们在一条漆黑的偏僻小路上,周围都看不见一辆车。在下个拐弯处,这条小道就会跟交通拥堵的主道会合,在这儿都能听到那边车辆传来的嗡嗡声。

"就停在这边。"潘恩命令道。他掏出了枪，本来只想用枪打晕司机，然后绑起来，直到过了八点二十分。

从司机喘气的样子看得出来，自从听到那条播报的新闻后他就知道潘恩是谁了，他只是一直在等机会，等到靠近某个出口或红灯的时候。他踩住刹车，然后突然从车里跑出去，想躲进灌木丛里。

潘恩必须抓住他而且得尽快抓住他，否则他会向公园管理员求救的，这样一来他们就会堵住他的所有出口。他知道自己不能出去追他，所以他放低枪口，想打中司机的腿或者是脚，只要把他放倒就行。

那司机好像被什么绊到了，在扳机扣动之前就倒下了。子弹反而打中了他的后背。当潘恩下车走到他身边的时候，他一动不动但还活着。眼睛睁着，神经中枢好像已经瘫痪了。

他自己已经站不直了，但还是成功地将司机拖到车旁边，想办法把他弄进车里。他取下司机的帽子戴到自己头上。

他可以开车，至少在他死前是可以的。他坐在方向盘后面，把车慢慢地开动起来。枪声肯定湮没在露天之中，或者别人以为是汽车回火。川流不息的汽车毫无察觉地驶过时，潘恩悄无声息地溜进了车流。他一有机会就再一次地开溜，在下一条一片漆黑又空无一人的小巷口拐了进去。

他再次停下车走到后门，想看看出租车司机怎么样了。他想如果能帮就帮帮他吧，也许可以把他丢在医院的门口。

太晚了。司机的眼睛已经合上了，此时他早已死了。

五个了。

已经不再有任何意义了。毕竟，对于一个将死之人什么都没有意义了。"我们一个小时后会再见面的。"他说道。

他脱下司机的外套盖在他身上，以防万一有人靠汽车窗户太近了，就会看见昏暗的车里那张惨白的脸了。潘恩无法再把尸体从车里弄出来抛到公园后面，如果那样做的话，一些路过的车子的车灯会很快发现尸体。不管怎么说，让他留在他自己的车里再合适不过了。

现在已经七点五十分了。他最好动身去车站了。路上的红绿灯可能会耽误一些时间，而火车只在郊区站停留几分钟。

他得把车开到那条主道上才能从公园出去。他沿着车道的外侧缓慢地移动着，有好几次都偏离了主道。不是因为他不会开车，而是他的意识有些模糊了。他一次次振作起来决心把车开稳。"火车，八点二十分。"他的脑海里像有一盏红灯笼在摇摇晃晃。可是，他就像一个挥霍无度的家伙，几分钟就花了他一生中好多的岁月，而且很快就用完了。

有一辆警车从他旁边经过，鸣着警笛，抄近道穿过公园，从城市的这一头开往另一头。他想知道他们是不是来抓自己的，其实他也不是太想知道，现在再也没有什么要紧的了。只有八点二十分的火车——

他慢慢地趴到方向盘上，每次只要一碰到胸口，车轮就会疯狂地打转，仿佛它也能感觉到疼痛一样。两次、三次，车子的挡泥板都撞烂了，他听到另一个世界——这个他就快离开的世界传来微弱的咒骂声。他想知道，如果他们知道他快死了是不是还会这样骂他。

还有一件事：他没办法稳稳地踩油门了。他没有力气了，车就会慢慢停下来。就在他离开公园穿过一个广场的时候，车子停了下来。刚好遇到红绿灯，他把车停在路中间的一条绿灯道上。站台上有个指挥交通的警察，他对着潘恩狠狠地吹着哨子，挥着手让他赶快把车开走，自己差点从站台上掉下来。

潘恩只是无助地坐在那儿。

警察朝潘恩跑过来，愤怒得像头狮子。潘恩一点不害怕车后座上的东西，他早已超越了那种恐惧。但如果警察做出什么事让他赶不上那趟八点二十分的火车……

他最后弯下身抓住自己的脚踝，把脚抬起来差不多离地一两英寸的样子，然后踩下油门，车子发动了。这很荒唐，但是生死关头的一些事情经常都是荒唐可笑的。

警察让他走了，因为这儿本来就已经堵了，如果不放他走，会耽误更多的时间，交通就会更拥堵了。

他马上就要到了。只要直接穿过市区然后再往北开一点就行了。还记得路真是太好了，因为他早就看不清路标了。有时那些大楼好像要倒了,似乎要压到他身上;有时他又像是在爬一座特别陡的山,他知道根本没有什么山,那只是因为他坐在驾驶座上摇来晃去。

同样的事情又发生了,当他开过几个街区后,正前方是一栋大而华丽的公寓,一个门卫吹着哨子飞跑过来。他抓住潘恩的后车门猛地拽开了,车都还没有停下来,潘恩还没来得及阻止他。两个穿着晚礼服的女人跟在门卫后面,一前一后从门口急匆匆地走出来。

"不带人。"潘恩一直想说出来,但他太虚弱了,他们根本就听不见他的声音,或者是直接忽略了。而且他一时也没办法踩下油门。

走在前面的那个尖叫着:"快一点,妈妈。唐纳德永远不会原谅我的,我跟他约好七点半……"

她一只手已经搭在车门上,随后就站在那儿惊呆了。这里比公园亮堂多了,她肯定看见了车里的东西。

潘恩把车从她身边开走了,车门就那样开着,她穿着一身白色缎面的长袍站在路中间,在车后望着,目瞪口呆地站在那儿。她吓得连叫都不敢叫一声。

最后他终于到了,总算能短暂地休息一会儿了。事情也变得明朗一些,就像天黑前演出结束时,剧院里的灯都亮了起来。

郊区车站建在高架桥底下,高架轨道在头顶横穿城市的街道。他不能在车站前面停车,这儿禁止停车。但出租车在禁止停车的区域两边都排着长队。他拐进了高架桥和旁边建筑物中间的一个死胡同,从胡同往外望去有一条进车站的侧门。

四分钟。再过四分钟就到约定时间了。火车早就离开市中心,正在两点之间的某个地方一路飞驰而来。他想:"我最好得动身了,我可能很难做到。"他想知道自己能否站起来。

他只想待在原地,直到永远。

两分钟。火车从头顶上开进来,他能听见火车轰隆隆的声音,在高架铁轨上滴答答的声音,接着是悠长的停车声。

从出租车门到车站入口的那段人行道看起来是那么宽阔。他提起最后仅剩的一丝力气,费劲地从车里出来挣扎着向前走去,一路跟跟跄跄,膝盖弯得越来越低。车站的门帮助他重新振作起来。他来到候车室,这里太大了,他知道自己根本没法穿过去。只剩下一分钟了。近在眼前却又远在天边。

乘务员已经在喊了:"八点二十分开往蒙特利尔的快车!——去往皮茨菲尔、伯灵顿、洛兹方向。去往蒙特利尔的乘客,请立即上车!"

那儿有好几排长椅,它们帮助他穿过那看起来无法逾越的候车室。他跌进第一排靠外边的那把椅子上,稍稍振作一下精神,爬过五把椅子,又倒下了。他就一直重复着这样的过程,一直到检票口附近。但是时间在走,火车要走了,生命在飞逝。

只剩四十五秒了。就连最后一批磨磨蹭蹭的乘客都已经上车了。上车有两种方法：一段很长的楼梯或者自动扶梯。

他摇摇晃晃地朝自动扶梯走去，终于成功了。本来收票员是不会让他过去的，但是看见潘恩戴着那顶出租车司机的帽子，竟然让他过去了——这是他跟波林未曾预料到的事。

"只是去参加一个聚会而已。"他含糊不清地嘟囔着，自动扶梯载着他开始往上移动了。

楼上的站台响起了哨声，车轴和铁轨开始发出嘎吱声。

即使只是站在自动扶梯上，他也只能保持双脚不动。后面一个人也没有，要是他跌倒的话，就会掉到那又长又陡的电梯底部。他的指甲紧紧地抠在往上走的扶手皮带上，死死地抓住绝不松手。

外面大街上不知从什么地方传来一阵骚动。潘恩听见一个警察疯狂地吹着哨子。

一个声音大声叫道："他朝哪个方向跑了？"

另一个声音回答道："我看见他进了车站。"

他们最终还是发现了出租车里面的尸体。

候车室的天花板挡住了他的视线，他随后听见从四面八方奔涌而来的脚步声。但是他此刻已经没有时间去想这些了。他终于到了上面的露天站台。车厢缓缓地掠过。车厢门就要过来了，售票员刚刚进去。潘恩朝门走去，弓着身体，一只手像行纳粹礼一般笔直地伸出去。

他无声地哭出来。那个售票员转过身，看见了他，一把将他拽了上来,他一下子四脚朝天地摔倒在过道上。那售票员严厉地瞪了他一眼,把折叠台阶收起来,砰的一声关上车门。

太晚了,一个警察、几个搬运工和出租车司机,从自动扶梯口蜂拥而出。他能听见他们隔着一节车厢大声叫喊着,但是那节车厢的乘务人员不会把门打开的。忽然之间,漫长而又明亮的站台不见了,车站消失了。

他们肯定想不到会把他给弄丢了,但是事实的确如此。当然,他们会给前方打电话,会让火车在哈蒙站停下来再抓走他,火车动力在哈蒙站从电改成煤炭。但是他们抓不到他了,因为他不会在车上了,车上只剩他的尸体。

每个人都清楚什么时候会死,他知道自己活不过五分钟了。

他沿着一条漫长而又明亮的过道跌跌撞撞地走下去。他已经看不清人们的脸了。但是她会认出他的,没事的。过道到头了,他又得穿过另一节车厢。因为没有椅子的后背支撑,他跪倒在地上。

他不知怎么地又蠕动着走进了下一节车厢。

又一条漫长而明亮的过道,仿佛有几里路长。

他又快到过道的尽头了,因为他看到下一节车厢的门了,或许那就是通往来世的大门。突然,从最后一排的座椅上伸出一只手抓住了他,正是波林那焦虑不安的脸在看着他。他整个人扭曲得像拧干的抹布一样,倒在了她旁边的空座位上。

"你都快走过了。"她小声说道。

"我都看不清你,灯光太晃眼了。"

波林惊讶地抬头看了看灯,但对她而言这些灯光很正常。

"我说到做到,"他喘着气,"我赶上了火车。但是,天啊,我累了……现在我得睡一觉。"他漫不经心地侧身朝她靠过去,头垂到了她的大腿上。

她一直把手提包放在腿上,他一倒下来,包就掉到地上打开了,包里的所有东西都掉在她脚旁边。

他呆滞的眼睛最后一次张开了,无力地注视着一小包钞票,钞票是用橡皮筋绑起来的,跟着包里其他的东西一起滚了出来。

"波林,这么多钱……你哪儿来的这么多钱?我只给了你够买车票的钱啊……"

"伯勒斯给我的。就是我们一直以来说的那二百五十块钱。我知道你最后也不会去找他要这笔钱的,所以我就自己去找他了——就在昨晚你离开家之后去的。他心甘情愿地把钱给了我,什么话也没说。我本来想今天早上告诉你的,但你都不让我提他的名字……"

图书在版编目（CIP）数据

后窗／（美）康奈尔·伍里奇著；许庆红译. -- 上海：上海文艺出版社，2020（2022.2重印）
（康奈尔·伍里奇黑色悬疑小说系列）
ISBN 978-7-5321-7658-8

Ⅰ. ①后… Ⅱ. ①康… ②许… Ⅲ. ①中篇小说-小说集-美国-现代 ②短篇小说-小说集-美国-现代 Ⅳ. ①I712.45

中国版本图书馆CIP数据核字(2020)第074455号

后　窗

著　　者：[美]康奈尔·伍里奇
译　　者：许庆红
责任编辑：蔡美凤
装帧设计：周　睿
责任督印：张　凯

出　　版：上海文艺出版社
出　　品：上海故事会文化传媒有限公司
　　　　　（201101　上海市闵行区号景路159弄A座3楼　www.storychina.cn）
发　　行：上海文艺出版社发行中心
　　　　　（上海市闵行区号景路159弄A座2楼206室）
印　　刷：上海中华印刷有限公司
开　　本：889毫米×1194毫米　1/32　印张6.5
版　　次：2020年11月第1版　2022年2月第3次印刷
ISBN：978-7-5321-7658-8/I·6091
定　　价：35.00元

版权所有·不准翻印

上海故事会文化传媒有限公司　出品（00957）　www.storychina.cn

想看更多精彩故事？
扫码下载故事会APP

上海故事会文化传媒有限公司所有图书可办理邮购，免收邮费（挂号除外）
汇款地址：上海市闵行区号景路159弄A座2楼206室(201101)；　收款人：上海故事会文化传媒有限公司出版发行部
联系电话：021-53204159
如发现本书有质量问题，请与印刷厂质量科联系 T：021-60829062